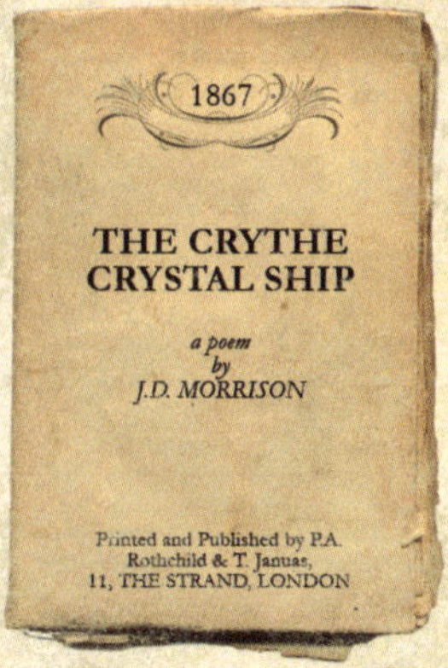

PORT OF LIVERPOOL

IRENE ADLER

SHERLOCK, LUPIN Y YO

DESTINO INFANTIL & JUVENIL, 2018
infoinfantilyjuvenil@planeta.es
www.planetadelibrosinfantilyjuvenil.com
www.planetadelibros.com
Editado por Editorial Planeta S. A.

Título original: *La nave degli addii*

Avda. Diagonal, 662-664, 08034 Barcelona
Publicado mediante acuerdo con Book on a Tree Ltd.
Texto de Pierdomenico Baccalario, Alessandro Gatti y Lucia Vaccarino
Diseño gráfico: Iacopo Bruno
Edición original publicada por Edizioni Piemme, S.p.A

Primera edición: marzo de 2018
ISBN: 978-84-08-18247-4
Depósito legal: B. 2.663-2018
Impreso en España – *Printed in Spain*

El papel utilizado para la impresión de este libro es cien por cien libre de cloro y está calificado como papel ecológico.

Irene Adler

El barco de los adioses

DESTINO

Capítulo 1

UNA PRINCESA Y UN ESPEJO

A veces te miras al espejo y no te reconoces. El rostro que tienes delante no es el tuyo, sino el de una desconocida, una chica de catorce años sin nombre.

Sabía que me llamaba Irene y sabía que era adoptada. Leopold y Geneviève Adler habían sido unos padres intachables. Ella había muerto por mi culpa en su casa de París, asesinada por un ladrón al que, junto con mis amigos, yo había desafiado con mi habitual impetuosidad. Leopold, por su parte, había desaparecido, tragado por la niebla que, me parecía, cubría Inglaterra entera. Niebla, niebla y nada más que niebla.

En el transcurso de los dos últimos años, había aprendido a no fiarme de nadie, con poquísimas excepciones: Leopold, del que ahora el destino me había alejado para arrojarme, de la manera más brusca que pueda imaginarse, a un nuevo periodo de mi vida, entre los viejos muros de esta mansión fría y magnífica; Horace Nelson, naturalmente, nuestro infatigable mayordomo y amigo de confianza; y dos chicos poco mayores que yo, Arsène Lupin y Sherlock Holmes.

A esta cortísima lista de personas siempre había añadido una quinta: yo misma. Pero, como he escrito al principio de esta enésima página de mis diarios, el rostro que veía reflejado en el espejo no me inspiraba ninguna confianza.

¿Era la cara de Irene aquella que contemplaba, reflejada en la superficie de vidrio? ¿O era la de María von Hartzenberg? ¡Oh, cielos, ni siquiera acertaba a pronunciarlo! ¿Cómo podía ser mi verdadero nombre si los labios se me entumecían cada vez que intentaba decirlo? ¿Cómo podía ser yo?

Me hacían falta toda mi determinación, mi terquedad y también cierta dosis de sentido del ridículo para aceptar lo que me había sucedido.

—Adelante, habla, María, dime qué piensas de toda esta historia de locos —dije en voz alta, casi retando al rostro del centro del espejo—. Tú no eres Irene y no formas parte de la familia Adler. Pero eso ya lo sabías, ¿no es cierto? Por lo tanto, no es ninguna locura, sino solo esa verdad que tantas veces has invocado...

Suspiré.

—Pues bien, aquí está la verdad: tu auténtica madre se llama Sophie. Y esto también lo sabías. Alexandra Sophie von Klemnitz. Ya os habíais conocido y apreciado. Luego os odiasteis, cuando Geneviève murió por culpa... tuya.

Sentí en las yemas de los dedos la superficie helada del espejo y las dejé ahí, como si quisiera absorber el frío. Necesitaba toda la frialdad del mundo para seguir adelante.

—Irene era una chiquilla inquieta en busca de aventuras... —continuó diciendo mi cara en el espejo—. Una chiquilla que estudiaba con un preceptor, tomaba clases de canto y, sobre todo, pasaba las tardes en Londres con dos personas extraordinarias. Dos personas que, igual que Leopold y Horace, ahora ya no están a su lado...

Noté que se me saltaban las lágrimas, impotente, pero me obligué a aprisionarlas detrás de los párpados. Inspiré a fondo el aire salobre y aparté los dedos del espejo para ponerme la mano en la base del cuello.

—Mi nombre es María von Hartzenberg, princesa de Bohemia, ocultada por su verdadera madre para salvarle la vida. María von Hartzenberg es una princesa y, como tal, debe ser protegida, porque su vida está en peligro... La suya y la de todas las personas que le son queridas, puesto que ¡algunos hombres fieles al usurpador que ahora se sienta en el trono de Bohemia quieren matarla!

Levanté la mano e hinché el pecho con otra inspiración profunda, que ahuyentó definitivamente las lágrimas pero me dejó postrada, como vacía. «¡Pues que maten a esa María con tal de que dejen libre a Irene!», pensaba.

La pálida muchacha del espejo, no obstante, contaba una historia muy distinta.

—Te guste o no, este es nuestro refugio. Ahora estamos con Sophie aquí, en Farewell's Head, una mansión al borde de un acantilado... ¿No oyes el mar? Solo tú, tu madre y nuestro anfitrión, el gentilísimo sir Bewel-Tevens, sabéis dónde nos encontramos. Farewell's Head es un lugar secreto y protegido en alguna parte del norte de Gales. Leíste de pasada el nombre del pueblo la noche que te trajeron aquí, a Oakenholt. Y lo buscaste en el atlas que sir Robert tiene entre los volúmenes de su biblioteca...

Pronunciaba aquellas palabras ante el espejo con la esperanza de que pudieran aportarme un poco de calma. Pero no fue así. Mi corazón se puso a latir con más fuerza, mis pensamientos se volvieron más rápidos y confusos.

—Tienes razón... Es una pésima biblioteca, de una madera demasiado oscura... Y lo que a ti te gustaría, en cambio, es que el señor Nelson estuviera aquí contigo para prestarte una de sus novelas de aventuras o de terror, que desde hace años ambos leéis a escondidas de Leopold. Y... ¡maldición! —exclamé cuando una lágrima, al final, brotó y resbaló por mi mejilla, rebelde y rabiosa como mi ánimo, incapaz de aceptar los hechos de aquellas últimas semanas, que me hacían sentir como un estúpido títere en manos de un desconocido.

Me la enjugué con el dorso de la mano, con un gesto brusco, y luego impuse a aquel monólogo el final que deseaba oír:

—Así pues, Irene, ahora te portarás como una buena chica y dejarás pasar los días escuchando el mar que rompe contra el acantilado, leyendo libros aburridos y entradas de la enciclopedia hasta que te digan (¿quién te lo dirá, Sophie o el gentilísimo sir Robert?) que puedes volver a casa. A Londres, con Sherlock, Lupin y Horace, con Leopold y sus mil negocios, su jerez y su pipa. Con la gentuza de los muelles y los criminales que se esconden como ratas, con los policías de Scotland Yard y la amable señorita Langtry, que sostiene que tienes talento para el canto, y con todos aquellos, en suma, que forman parte de tu verdadera vida... —Cogí aire y me esforcé por sonreírme—. Porque es así como marchará todo si te portas bien y obedeces, y si por unos días pones empeño en no ser demasiado... Irene.

En los instantes de silencio que siguieron, oí ladrar a los dos mastines de sir Robert. Y, después, el lejanísimo ruido de las ruedas de un carruaje que se acercaba por el camino.

—Y ahora, para terminar, ¿estás lista para bajar como corresponde a una auténtica princesa? —me pregunté.

Esperé unos segundos antes de golpear con el tacón de mi zapato el centro exacto del espejo, donde se clavó en medio de una corona de rajaduras.

Capítulo 2

UN CARRUAJE Y UN ARISTÓCRATA

Incluso pasados los años, me cuesta poner orden en las páginas de mis diarios que se remontan a aquellos días. Y me quedo sorprendida. Hoy, lo mismo que entonces, el insomnio es mi fiel compañero nocturno; los motivos son distintos, pero la hora en que se presenta es siempre la misma, las dos y media. No necesito reloj para saberlo. Y tampoco interpretar la débil luz que se cuela entre las cortinas. Son siempre las dos y media cuando me despierto sin razón. Pero si hoy puedo coger del brazo el insomnio y mostrarle estas páginas que van componiéndose palabra a palabra, en aquel entonces, en Farewell's Head, solo podía rezar para que el tiempo pasara mientras oía los lamentos del viento y el bramido del mar. Los días filtrados por el sueño intranquilo transcurrían, además, bajo el signo de la monotonía. Las comidas con Sophie y nuestro anfitrión; algunos breves paseos por el jardín, un jardín despojado, por rehacer, con dos pestilentes perros que babeaban pegados a nuestras botas. Y siempre, al darme la vuelta, descubría la mirada penetrante de alguno de los tres criados que servían en la casa.

El carruaje que había oído llegar era, pues, una novedad, la primera desde hacía una semana al menos. Se había detenido al pie del cabo sobre el que se alzaba Farewell's Head, ante la pequeña casa del guarda, y luego, tras un rápido control, había proseguido por el único camino de acceso a la mansión, una línea de grava y firme de piedra negra que corría derecha durante trescientos metros, flanqueada por árboles retorcidos por el viento. Nuestro anfitrión no había sido elegido al azar, su casa era un fortín natural. O, mejor dicho, una cárcel perfecta. Imposible traspasar la pequeña verja del inicio del sendero sin poner sobre aviso al guarda que vivía allí al lado, que en realidad era una especie de centinela. Imposible recorrer el largo trecho al descubierto sin que los mastines de sir Robert se percataran. Imposible escalar las rocas cortantes del acantilado al cual se asomaba la casa.

«Imposible entrar, pero también salir», había comentado yo un día con mi madre, mientras que ella, en cambio, trataba de mostrarme lo fascinante que era aquel viejo caserón.

«Tal vez para una tragedia de Shakespeare —había replicado yo—. O para una historia de fantasmas de Le Fanu.»

Mi madre no había añadido nada más, quizá porque no le gustaban los finales trágicos, o puede que porque nunca hubiera leído los cuentos de Sheridan Le Fanu. Sin embargo, Farewell's Head parecía salida precisamente de sus páginas: vacía y desolada, con cortinajes lisos y barandillas de otros tiempos, olía a liquen y a sal. Mientras bajaba la escalera para ver quiénes eran los ocupantes del carruaje —y en mi fuero interno esperaba que fuese mi padre o mis amigos, venidos para salvarme— atisbé por los ventanales del salón. Y enseguida mi esperanza se diluyó como la nieve al sol.

El mayordomo, Bingham, les abrió la portezuela del carruaje a dos hombres elegantemente vestidos que se apresuraron a saludar a sir Robert.

Instantes después los oí entrar en la casa, mientras que el cochero se quedó esperando fuera, junto al vehículo.

«Una visita rápida», deduje antes de presentarme.

En cuanto me vieron, los tres hombres enmudecieron. Noté cómo sir Bewel-Tevens tensaba la mandíbula, mientras que la frente de los dos desconocidos, en cambio, se distendía de sorpresa. Luego, cuando se dieron cuenta de que yo estaba descalza, su expresión delató algo parecido a una abochornada consternación.

—¡Princesa María! —exclamó el más alto y mayor de los dos, que hizo una reverencia.

—¡Por favor! —solté—. ¿Qué está haciendo? No quiero que se me llame... ¡así!

—Naturalmente... —se corrigió entonces el aristócrata, porque de un aristócrata se trataba. Mientras él y su acompañante se fijaban en mis pies desnudos, yo los había analizado con la velocidad y la atención a los detalles que me había enseñado mi amigo Sherlock Holmes: manos sonrosadas y sin callos, botas de montar a caballo, marca de una vaina de espada en el cinturón, justo después de la tercera presilla.

—Irene... —intervino entonces sir Robert—. Es un gran placer para mí presentarle al duque de Loewendorf y a su secretario.

Mi mirada se cruzó entonces con la de este último, que la bajó como si fuera de rigor.

—¡Robert, Robert! —dijo el duque de Loewendorf—. El placer es mío, solamente mío. No sabe qué reconocidos le estamos por haber puesto a disposición de nuestra causa este lugar encantador...

—¡Oh, tonterías...!

—Si la amistad, la lealtad y la generosidad son tonterías... ¡desde luego, amigo mío! —dijo el duque con una sonrisa.

Llegó también Sophie y los saludos se repitieron con más afectuosidad que antes. Me resultó evidente que ya se conocían y que la presencia del duque era una excelente noticia para mi madre. Le hizo dos preguntas rápidas (¿Qué sucede? ¿Tiene noticias?), a las que él respondió con dos gestos despreocupados que, sin embargo, subrayaron que de eso precisamente había venido a hablar. Pero no de pie. Y no en el vestíbulo de la escalera. Sir Robert nos condujo al salón, ordenó al mayordomo que preparara té y se lanzó a una veloz perorata sobre el tiempo atmosférico y cómo habíamos pasado los últimos días.

Fue el propio duque quien explicó el motivo de aquella visita:

—He venido a tranquilizarlas, Sophie e... Irene.

—¡Ah, benditas sean sus palabras, duque! —dijo inmediatamente mi madre, entrelazando los dedos.

—¿A tranquilizarnos sobre qué? —pregunté yo, en cambio, soplándome de los labios un rizo de mi cabello pelirrojo, que ya no había vuelto a cortarme, como si aquellos mechones rebeldes pudieran remarcar quién era yo de verdad.

—Oh... solo del hecho de que ya no deben temer las asechanzas que recientemente han traído tanta pena y trastornos a nuestra vida —respondió el duque, compungido.

—Por tanto, ¿no ha venido a raptarme? —pregunté yo, en un tono quizá más impertinente del que hubiera querido.

Él dio la impresión de sorprenderse. Era un hombre que parecía capaz de afrontar con firmeza una espinosa negociación diplomática o un comprometido asunto de Estado, pero no a una catorceañera que mordía los barrotes de su cárcel en el acantilado.

—Solo puedo imaginar lo trastornada que debe de estar por lo que le ha ocurrido... —dijo.

—¿Y por eso decidió traerme a una casa en la cima de un cabo rocoso, lejos de todo y de todos y vigilada de cerca por centinelas y mastines? —lo interrumpí.

—Irene... —murmuró Sophie, poniéndome una

mano en la rodilla—. El duque de Loewendorf es nuestro amigo. Deja que hable, te lo ruego.

«¡Ah, que hable!», pensé, regalándoles una sonrisa distante y quedándome luego impasible escuchando. Estaba sentada en el borde del sofá, pero seguía oyendo, como fondo de la conversación, el tintineo de la tetera y las cucharillas de plata que llevaban grabado el monograma de sir Robert Bewel-Tevens y la respiración del caballo todavía uncido al carruaje en el patio.

—Farewell's Head quizá sea el lugar más seguro que conozco —afirmó el duque— y sir Robert una persona de absoluta integridad, de quien es para mí un honor poder llamarme su amigo. Nos conocemos desde mucho antes de que empezaran estos tristes sucesos y su lealtad está fuera de discusión. No solo nos ha ofrecido todo su apoyo financiero, sino que también ha puesto a nuestra disposición esta casa, que acaba de adquirir. Y, conociéndolo, tampoco me sorprendería demasiado descubrir que lo haya hecho a propósito para poder protegerla...

—Sumamente generoso... —se me escapó. Aunque ya había oído esas palabras en labios de mi padre Leopold, un hombre en el que confiaba infinitamente más que en aquel desconocido duque llegado de Bohemia.

La mano de Sophie volvió a ejercer una delicada presión en mi rodilla y yo le di al señor Loewendorf la posibilidad de proseguir.

—Mientras ustedes están aquí, seguras, en Bohemia todo está procediendo de la mejor manera, si es que el descontento del pueblo puede considerarse un buen signo... —continuó diciendo Loewendorf mirando fijamente a Sophie, que asintió—. Desde nuestro punto de vista, en todo caso, sin duda lo es: los leales al rey Johan y a su familia, los Von Ormstein, aquellos que han usurpado el trono de su padre, no conocen este escondrijo. Y en la patria, el odio hacia ellos crece de día en día... ¿No es verdad, Frederick?

El secretario, requerido su parecer, asintió y desgranó con voz quejumbrosa una serie de nombres y fechas que no anoté en mis diarios y que mi memoria no ha retenido: quién le había dicho qué a quién, pueblecitos que se habían negado a pagar tributos a la corona, generales que habían expresado en secreto su descontento y otros rumores de pasillos, todos perfectamente entretejidos en el tapiz de un país revuelto.

—En suma, se acerca el momento en que será llamada «Su Majestad» —concluyó el duque, volviéndose hacia mí, cuando hasta la última persona de la lista de nuestros seguidores bohemios había sido ya elogiada públicamente en aquel salón.

—¡Yo no soy majestad de nadie, querido señor! —exclamé entonces, dejándolo helado. Casi pareció que hubiese hecho un malvado conjuro que petrificó a todos los presentes, aferrados como se quedaron a las delicadas tazas de porcelana de sir Robert—. Yo soy Irene Adler como usted es el duque de Loewendorf, usted sir Robert Bewel-Tevens y usted simplemente el señor Frederick. —Me puse en pie—. ¡Ya he dicho que esta historia no tiene que ver conmigo! Yo estudio canto y vivo en Londres con mi padre Leopold y el señor Nelson. ¡Y esa es la única vida que quiero! ¡La mía!

—Princesa María... —balbució el duque, consternado.

—¡Y deje ya de pronunciar ese estúpido nombre! —grité, alejándome de ellos y volcando mi taza de té con el vuelo de la falda.

Capítulo 3

UNA MADRE Y UNA HIJA

—¿No quieres o no puedes hablar conmigo? —le pregunté al cochero, que estaba engrasando los aparejos del carruaje de sir Robert. Miraba fijamente al frente y se esforzaba por no hacerme caso—. ¿Sabes quién soy yo? ¡Soy la futura reina de Bohemia! Y ahora, ¿quieres hablar conmigo? ¿Hay sitio en este carruaje? ¡Sácame de aquí y te daré todos mis ahorros! ¡Toma esto, venga! —insistí, enseñándole un precioso camafeo que me había regalado Sophie.

Y, en el momento mismo en que lo hice, me arrepentí.

El cochero ni se dignó mirarme, pese a mi escena. Y Sophie estaba a pocos pasos de mí. Lo que había hecho no debía de habérsele escapado.

Traté de recobrar la compostura. Y de calmarme.

—Un fascinante ensemble... —bromeó ella, señalando las botas sucias que me había puesto bajo el vestido—. Digno de una auténtica...

Le lancé una mirada asesina. Pero no estaba enfadada con ella. Dejé que se acercara y me cogiera del brazo y nos alejamos juntas del carruaje para rodear la casa en dirección al acantilado.

El cielo se había abierto en claros de un azul cegador y las gaviotas parecían puntas de flecha. Pero toda aquella belleza no lograba hacerme olvidar cuál era nuestra condición. La de prisioneras.

—¡Tenemos que irnos de aquí! —dije, con la ira hirviéndome dentro aún—. Démosles las gracias a sir

Robert y a todos tus amigos, mandémosles una bonita postal con nuestros mejores deseos y luego...

—¿Y luego?

—¡Y luego desaparezcamos, mamá, como hemos hecho hasta ahora! ¡Catorce años! He estado oculta, feliz, durante catorce años, y si lo pienso... ¡Oh, si pienso en que me quejaba de lo insoportablemente aburrida que era mi vida! ¡De mis peleas con Geneviève! Tú no la conociste, pero... ¡No puedes entenderlo!

Me revolvía como un animal de circo y sentía su misma frustración. Era como si todo lo que decía o hacía ya hubiese sido, de alguna manera, pensado o previsto por otros, como si Sophie, los mastines, el guarda en su casa junto a la verja y el duque no fuesen más que mis espectadores. En ese momento era yo la que se sentía víctima de un malvado embrujo que lo paralizaba todo a mi alrededor e impedía toda tentativa mía de recobrar la libertad.

Subí a lo más alto del acantilado para sentir el viento en la cara, esperando que aliviara la sensación de ahogo que me atenazaba.

—Te comprendo —dijo Sophie mientras yo tenía los ojos cerrados y rogaba para que un torbellino me alzara por los aires y me llevara lejos, a cualquier otro lugar.

—¿De verdad me comprendes?

—He vivido huyendo y bajo otra identidad buena parte de mi vida... —dijo ella—. Y sin ti.

—Sophie...

—Si alguna vez tienes hijos, entonces comprenderás lo difícil que fue para mí saberte en algún lugar y no estar allí para protegerte.

—Ahora deberías estar tranquila... —dije—. Estás aquí, todos saben quiénes somos. Y puedes protegerme.

¿Y si me tiraba por el acantilado? ¿También lo tenían previsto los leales al trono de Bohemia?

Ese pensamiento no me alteró más que una fracción de segundo, no tenía ninguna intención de morir, es más... ¡deseaba justo lo contrario! ¡Quería vivir! ¡Pero mi vida, no la de María von Hartzenberg!

—Sí, puedo protegerte —continuó Sophie—. Con ayuda de las personas que lo han hecho hasta hoy... Que intentaron proteger a tu padre antes que a nosotros...

—¡Ya! Y mira cómo salieron las cosas... —reflexioné, encogiéndome de hombros—. Félix, mi padre, murió, tú fuiste descubierta y yo casi raptada... Esto es una guerra y en la guerra nadie está realmente seguro.

—No sé si es una guerra, Irene, pero desde luego tenemos enemigos.

—¡Y también amigos! —rebatí—. ¡Amigos a los que ya no puedo ver!

—Solo debes tener paciencia... Ya has oído lo que ha dicho el duque... ¡Las fuerzas a nuestro favor están creciendo, y también el descontento hacia Johan von Ormstein!

—¡Yo ni siquiera conozco al tal Johan! —grité—. ¡Y hasta esta mañana tampoco conocía a tu amigo el duque!

—No puedes reprobarlo por haberte llamado como te ha llamado. Él ve en ti a su reina...

—Y yo, en cambio, me siento simplemente como la reina del ajedrez —sostuve—. ¡Una pieza que tu duque mueve a placer para ganar la partida!

Fue como si una negra nube oscureciera el rostro de

Sophie. Estaba afligida. Y era incapaz de seguir hablándome.

—Lo siento —dijo en voz muy baja—. No quería que las cosas acabaran así. Confiaba en protegerte de toda esta locura y violencia... Confiaba en que nunca lo descubrieras...

Al verla así, encogida sobre sí misma, me pareció increíblemente pequeña y frágil, y me arrepentí en el acto de mi tono brusco y de mi arrebato.

—Yo también lo siento... —murmuré, y la abracé con ímpetu.

Rogué para no oírla llorar, y Sophie no lloró, pero la vi contener la respiración para refrenar el llanto. Su abrazo era débil, inseguro, como si temiera hacerme daño ofreciéndome su intimidad. Como si todo lo que la concernía fuera veneno para mí.

—No quería decir todo lo que he dicho... —proseguí—. Pero, ahora que lo he sacado, se ha ido... y estoy mejor.

Esperé un instante, reprimiendo la vergüenza por aquella cercanía tan poco habitual con la mujer que no hacía mucho había aprendido a reconocer como mi madre, y luego continué:

—Ha ocurrido todo tan de improviso que no sé siquiera en qué apoyarme ni adónde mirar. Echo de menos mis cosas... y a mi padre, y al señor Nelson. Echo de menos a mis amigos...

Sophie asentía. Quién sabía cuántas veces la habrían asaltado a ella los mismos pensamientos y los mismos desánimos, sin tener siquiera ni a una sola persona con la que desahogarse. Es difícil ponerse en el lugar de otro, sobre todo cuando tienes catorce años y ese otro es tu madre.

—¿Les has escrito? —me preguntó Sophie.

Eso me recordó que sí, que, obviamente, había escrito a casa. Pero, sin embargo, todavía no había recibido respuesta.

Así que me encaminé, esperanzada, a ver al señor Bingham.

Capítulo 4

UN LABERINTO Y UN RELOJ DE AGUA

No había ninguna carta para mí. Aunque, por lo demás, ¿por qué habría debido haberla? Sherlock y Arsène tenían una vida y, ciertamente, no podían perder sus días contestándome. Además, quién sabía si el aparato de seguridad del duque y sus muchos amigos habrían dejado que se hiciera llegar mi carta o la habrían interceptado para comprobar que no les facilitaba indicaciones a mis amigos. Cosas como: «¡Venid a buscarme a alguna parte de Gales! Pero, cuidado, ¡hay mastines y criados!».

Los imaginé sentados en la Shackleton Coffee House, en nuestras butacas desfondadas, en el rinconcito que para entonces se había convertido en nuestro reino, la oficina desde la que habíamos planificado muchas de nuestras investigaciones, y se abatió sobre mí tal huracán de melancolía que tuve que sentarme.

Mientras tanto, como había supuesto, el duque se había marchado, con su secretario y su entusiasmo por los desórdenes crecientes en Bohemia. Se había detenido en la verja para recomendarle al guarda que estuviese siempre alerta. En aquel momento, no obstante, no eran los odiados Von Ormstein quienes le preocupaban, sino los caprichos de una joven y renuente princesa.

Me llegaron unas notas del piano de casa, acariciadas las teclas por Sophie, y también aquellas sencillas melodías me retrotrajeron mentalmente a los días en que fingía ir a clase de canto para perseguir criminales en compañía de mis amigos. ¡Lo que me estaba perdiendo! Y ¿por cuánto tiempo aún?

No pasaba un solo instante en que no me sintiera atormentada: por una parte estaba enfurecida e indignada por todo lo que se me había quitado con tanta brutalidad; por otra conservaba mi carácter rebelde y poco inclinado a la autocompasión. Cuanto más intentaba no hacer nada y esperar, más sentía que debía rebelarme. Y cuanto más intentaba rebelarme, más me parecía que lo máximo que obtenía era encontrarme ante el morro enfurecido de los dos mastines de sir Robert.

¡Tenía que haber algo mejor! Un refugio. Una alternativa. Y aquel algo por el momento inidentificable debía de encontrarse a medio camino entre Sophie y yo. Así que fui con ella, le rogué que no dejara de tocar y me apoyé en la tapa abierta del piano de media cola de Farewell's Head.

Conocía la canción que estaba tocando Sophie, era una de las últimas que había ensayado yo en Londres, La urraca, de Mussorgsky. Una melodía jocosa y liviana, el perfecto antídoto para aquel día. Esperé a que llegara la nota debida, el rápido pero luego apremiante «la», y canté. Y, mientras cantaba, me pareció que muchas de las preocupaciones de las últimas horas se iban empequeñeciendo poco a poco. La música repitió su habitual milagro y me llevó lejos, junto con Sophie. Tal vez fuese tocando y cantando como venceríamos aquellos largos días de aburrimiento y frustración.

Llegó la noche y, con ella, la hora de la cena, en la que tomamos parte después de subir a nuestras habitaciones para cambiarnos. Como había acordado con Sophie, me presenté con un atuendo decoroso, completado con zapatos, y traté de estar lo más conciliadora posible. O al menos dejar por unas horas la máscara de chica huraña que había caracterizado mi encuentro con el duque.

El comedor de Farewell's Head se encontraba en la parte de atrás de la casa, proyectada hacia el mar como la proa de un barco. La mesa estaba colocada en el centro de una gran alfombra, tendida a su vez sobre un entablado que parecía la cubierta de nuestro navío. Al otro lado de las ventanas de rombos emplomados soplaba un viento endiablado que las hacía temblar como las del camarote de un capitán de las Indias en la estación de los monzones. Sólo la chimenea chisporroteante, en el lado estrecho de la estancia, arruinaba la impresión de estar realmente en un barco.

Sir Robert se levantó para acomodarnos a nosotras en los sitios de costumbre: yo a su izquierda y Sophie a su derecha. Era un hombre gentil y solícito, y por ello no puedo más que estarle eternamente agradecida, pero era también un señor de otra época y su gentileza y solicitud desembocaban con mucha frecuencia en una conversación de un aburrimiento devastador. Como buen inglés, era capaz de hablar del tiempo durante horas, disimulando en las inflexiones de la voz sofisticadas alusiones a cuestiones mucho más profundas que solo otro inglés de su misma clase habría podido interpretar.

Cuando, por tercera vez en aquella semana, abordó la historia de Farewell's Head, vi que Sophie me invitaba con la mirada, cortésmente, a no mostrar signos de impaciencia.

La contenté y escuché, otra vez, aquel relato que sir Robert conseguía hacer parecer infinito pero que, a fin de cuentas, era bastante simple: la casa era nueva para ellos (la familia Bewel-Tevens entera, de la que sir Robert, no obstante, era el único superviviente), pero tenía una historia fascinante. Había sido construida sobre los restos del castillo de un tal Tudful Dirty Rees, un hacendado local que se dedicaba al contrabando.

—¿Al contrabando de qué? —le pregunté aquella noche, intentando evitar que el relato prosiguiera, como de costumbre, con cómo sir Robert había sabido de la casa y la había comprado.

—¿De qué? Bueno, de las cosas habituales con que se hace contrabando... —me contestó él, contento de desgranar toda una serie de sustancias con las que yo ni imaginaba que se pudiera hacer contrabando, como los licores franceses o incluso el té y la sal. Eran importadas clandestinamente para no pagar los aranceles aduaneros, me explicó, y citó fechas, leyes y nombres que a mí me interesaban bien poco.

¿Había estado casado sir Robert? En mi opinión, no: era imposible que una mujer pudiera aguantar todos aquellos detalles extenuantes.

—Gracias, Pavel —le decía Sophie, entretanto, a uno de los dos criados a las órdenes del mayordomo.

Y me fijé, por enésima vez, en el rostro cuadrado del hombre. Pavel y Anita eran hermanos. Recordaba con certeza que su apellido era Horak, un apellido bohemio, naturalmente, y tenía también la certeza de que no eran verdaderos criados. Como tampoco el guarda de la entrada era un simple guarda. Habría apostado, y ganado, a que era un agente del duque de Loewendorf, que lo había puesto allí con el único fin de controlarnos. O, como había tratado de dar a entender el propio duque aquella tarde, de protegernos.

Anita me sirvió un plato de solomillo Wellington todavía humeante. Apoyé la hoja del cuchillo en la corteza de hojaldres que envolvía la carne y... no pude hacer nada más. De repente recordé que aquel era uno de los platos preferidos de mi padre y, al pensar en Leopold solo en Londres, los ojos se me llenaron de lágrimas.

—¿Irene? —preguntó Sophie—. ¿Va todo bien?

«¡Oh, pues claro, mamá! —me habría gustado contestarle—. Todo va de maravilla, ¿no lo ves?»

Me retiré a mi habitación nada más terminar la cena, en la cual, por lo demás, casi no había tocado la comida. Subí los peldaños de dos en dos y cerré la puerta de la habitación a mi espalda como para dejar fuera el resto del mundo. Con la cara contra la ventana, escuché el sonido del viento hasta aturdirme y luego me desvestí.

El espejo que había roto por la tarde había sido retirado por los diligentes hermanos Horak, supuse. Al igual que el par de zapatos. Le di una patada a mi ropa y me metí bajo las mantas completamente desnuda para sentir escalofríos. Y así, librando mi personal batalla contra la piel de gallina, me dormí casi enseguida. Y soñé.

Estaba en un jardín. Un gran jardín que, en el sueño, sabía que conocía, aunque no lo hubiera visto nunca. No estaba sola, sino con Sherlock y Arsène. Sherlock miraba perplejo a su alrededor, olfateando el aire con su larga nariz afilada. Arsène, en el sueño era el mismo fanfarrón descarado que en la realidad.

«Por aquí», dijo, guiándonos a la entrada de uno de esos laberintos de boj que hay a menudo en el interior de los jardines de las moradas nobiliarias.

Nosotros lo seguimos hasta el centro a la velocidad oscilante de los sueños. Recuerdo esquinas de seto que yo tardaba en doblar lo que me parecían horas y largos tramos de laberinto que, en cambio, recorríamos como si voláramos.

«Lo sabía», dijo Sherlock en ese momento.

Naturalmente... Sherlock siempre sabía un instante antes que nosotros lo que sucedía. En el centro del laberinto había un gigantesco reloj de agua lleno de un líquido negro que me parecía un destilado de tinieblas. No podría describirlo de ningún otro modo: era un líquido denso, negro y brillante, que discurría viscoso entre los dos recipientes del reloj. La tinta más oscura que jamás había visto.

«¿Sabes qué?», le pregunté a Sherlock en el sueño, y él, o quizá yo misma, señaló la mitad superior del reloj de agua, al que le faltaba poco para vaciarse. Muy poco.

Me volví para mirar a Sherlock y...

...en aquel preciso instante el viento me despertó. Me vi catapultada a mi habitación de Farewell's Head, donde los postigos de la ventana batían furiosamente y yo tenía el cuerpo empapado de sudor. Me había deslizado fuera de las sábanas y me hallaba en equilibrio a un lado de la cama, como sobre el borde del acantilado. Me sentía oprimida por una fuerte sensación de angustia y por una duda sobre la visión del sueño: ¿Cuánto faltaba para que aquel siniestro reloj de agua se vaciase? ¿Qué hora marcaba?

La noche rara vez miente, pero a menudo sus mensajes sin inescrutables.

Temblando, salí de la cama, cogí una bata y me la puse para luego acercarme a la ventana y fijar el postigo rebelde. Lo hice en medio de un estampido de aire que me sacudió los oídos. Después, cuando volvió el silencio, me di cuenta de que, de todos modos, había un sonido dentro de la casa, una especie de respiración sibilante que provenía de la escalera.

Abrí la puerta y di un paso fuera de mi habitación. Al fondo del pasillo vi un reloj mecánico sobre una vieja cómoda y miré la hora. Eran las dos y media.

Capítulo 5

UNA CHICA Y UNA VELA

Al releer mis diarios de entonces no puedo sino admirarme de cómo los redacté. A cada frase me percato de que en esos días mi deseo de libertad impregnaba no solo aquellas páginas, sino el aire mismo que respiraba. Sé que no son más que los diarios de una chica de catorce años, pero sería injusta conmigo misma si los transcribiera de una manera distinta a como los estoy releyendo.

Decía, pues, que salí de mi cuarto aquella noche y seguí aquel sonido parecido a una respiración sibilante, exactamente como en el sueño había seguido a Arsène por el laberinto. Bajé la escalera, crucé el salón, fui hasta el pasillo que conducía a la cocina y, poco antes de llegar a ella, pegué la oreja a la puerta del sótano. Descorrí el pesado cerrojo de hierro, la entreabrí a oscuras, luego volví sobre mis pasos para procurarme una vela...

Y volví a bajar.

Me parecía que aún estaba dentro de mi sueño y que la oscuridad del sótano era idéntica a la del reloj de agua. La vela sufría las acometidas de las corrientes y, para protegerla, debía rodearla con la mano. Me quemé. Cada peldaño era como doblar una esquina de los setos del laberinto de poco antes. Algunos los salvaba en un instante, otros eran un descenso eterno y difícil. Mientras bajaba al sótano, era como si se lo viera hacer a alguien, en un sueño nuevo y diferente, y solo reconociera a un fantasma avanzando a tientas.

La sensación de estar en una trampa, en cambio, no era solo un sueño. Estaba realmente en una. Y, como en todas las trampas, pensaba, había un cebo, pero también una vía de escape.

Necesitaba la oscuridad del sótano para empezar a ver las cosas con mayor claridad.

Apagué la vela porque no había nada más que distinguir. Solo había una chica en bata. Chica a la que algunos se empeñaban en llamar «Su Majestad» y que ahora tenía los ojos abiertos de par en par en la oscuridad.

Cuando salí de mis cavilaciones, di marcha atrás con rapidez y subí aprisa los escalones que llevaban al pasillo de la cocina. Los noté mucho más fríos de lo que me habían parecido al bajar. Cerré la puerta tras de mí y corrí al salón. Una vez allí, ahogué un grito.

—¡Sophie!

Mi madre estaba en mitad de la escalera, con las manos tendidas hacia delante como una sonámbula. Pero no dormía. Estaba despiertísima y me buscaba.

—¡Irene! —exclamó al verme pálida y sucia al pie de la escalera—. ¿Qué ha ocurrido?

—¡He tenido una pesadilla! —le contesté—. ¡Pero ya ha pasado! ¡Todo ha pasado!

Iba a correr a su encuentro cuando ella tropezó con el borde demasiado largo de su bata y cayó.

—¡MAMÁ! —grité.

Sophie intentó agarrarse al pasamanos, pero no lo logró. Es más, se desequilibró de mala manera y cayó primero sobre un costado para luego rodar cuatro peldaños por lo menos antes de poder frenarse.

Me sentí mal. Me sentí morir. La pierna de Sophie hizo un ruido sobre aquellos peldaños que no olvidaré nunca.

—¡Ay! ¡El tobillo! —se quejó ella.

Oí pasos en la casa y vi parpadear otras luces; para entonces habíamos despertado a nuestro anfitrión. No me importaba. Solo me importaba mi madre. Le palpé el hueso del tobillo, como había visto hacer a Arsène, y ella soltó un segundo quejido.

—¡No! —grité—. ¡No, no, no! ¡Maldición!

Capítulo 6

UN MÉDICO Y UN LIBRO

La culpa era mía. Solamente mía. No dejaba de pensarlo mientras el carruaje nos llevaba al pueblo de Oakenholt.

—Qué ternura me produce tu desesperación, tesoro... —me dijo Sophie, con la pierna estirada entre los dos asientos—. Pero está absolutamente fuera de lugar. Mira, ¿lo ves? ¡Ya está menos hinchada!

Miré su rodilla, negra e inflamada, y me permití disentir.

—Si no me hubiera asustado por ese sueño —dije con un suspiro—. Y si no hubiera oído esos ruidos...

—¿Qué ruidos?

Le sonreí, avergonzada.

—El viento... Aunque a mí me pareció algo totalmente distinto.

Ella asintió.

—Es la noche. A veces gasta bromas extrañas.

Le repetí que lo sentía inmensamente. Sophie me acarició la cara.

—Es evidente que lo sientes.

No podía saber cuánto.

El carruaje conducido por Pavel pasó por un bache que hizo estremecerse de dolor a mi madre y poco después se detuvo delante de la casita de piedra del médico local.

Era un señor con una tranquilizadora y bien cuidada barba blanca y mejillas de un rojo encendido que examinó a Sophie sin hacerla bajar del carruaje siquiera.

—Y bien, doctor, ¿hay algo roto? —le pregunté cuando se apeó del estribo.

—Si se refiere a huesos, señorita, entonces no, no hay ninguna fractura —respondió él, haciéndome soltar un suspiro de alivio—. Pero estoy casi seguro de que el tendón de Aquiles se ha roto... Lo cual no es ninguna nimiedad, hará falta tiempo —añadió, borrando de golpe la sonrisa que estaba aflorando a mis labios.

—¿Cuánto exactamente? —pregunté con cierta angustia.

—Dos o tres semanas al menos, diría yo. O quizá más. Es una parte muy delicada y basta con poco para complicar la curación.

—Me cuidaré, doctor, no tema —le aseguró Sophie, que se volvió hacia mí—. Podía haber sido peor, ¿no?

A mí me había parecido un diagnóstico terrible, así que me asomé al carruaje para saber qué quería decir.

—Es la pierna derecha, la del pedal que se usa menos... —siguió diciendo Sophie. Y movió el pie izquierdo, el del pedal del legato en el piano—. Así que podemos seguir interpretando...

«¡Pues claro!», pensé.

No me importó la presencia del doctor y le di un beso en la frente.

Mientras Pavel pagaba al médico y luego daba la vuelta al carruaje, aproveché para echar un vistazo a Oakenholt, es decir, el único vislumbre de civilización en las inmediaciones de Farewell's Head. Estaba formado por una cincuentena de casas dispuestas en semicírculo en torno a una pequeña bahía, donde estaban fondeadas algunas embarcaciones. Había una fuente coronada por una cruz para marcar el cruce de las dos calles del pueblo, la que serpenteaba siguiendo la costa y llegaba hasta nuestra verja y la que subía por la colina. Vi que unos hombres estaban colgando de los muros unos festones y se lo hice notar a Sophie.

—Va a haber una fiesta... —dijo ella—. Esperemos poder venir, ¡aunque me temo que para mí ni hablar de bailar! —añadió, señalando con una cómica mueca su pie vendado.

Me maravillaba la ligereza de ánimo con que Sophie afrontaba aquella desventura, y se lo dije. Luego le pedí a Pavel que nos hiciera un favor, o mejor, dos: le pedí que rodara despacio y también que prolongara el trayecto de regreso, de modo que mi madre y yo pudiéramos disfrutar de la agradable vista de la costa soleada.

El joven accedió a mis peticiones, si bien con algún que otro gruñido, y de esa forma pude seguir el hilo de mis pensamientos mientras observaba el mar por la ventanilla. La caída de Sophie me había alterado mucho, pero en ese momento, al ver que ella había sido capaz de no abatirse, pensé que yo también debía demostrar que sabía superar las adversidades poniendo buena cara al mal tiempo.

Llegamos a la verja de Farewell's head, una majestuosa fila de lanzas puntiagudas, donde nos detuvo el guarda. El señor Holden era un hombre de modales expeditivos, poblado bigote rubio y cabello color ceniza.

—Bueno, señora, ¿qué le ha dicho el doctor Walker?

—Tengo un talón de Aquiles maltrecho, pero parece que sobreviviré, señor Holden —respondió Sophie.

Tras echar un vistazo al interior del habitáculo, como si hubiéramos podido cargar quién sabía cuál de las mercancías de contrabando que habían hecho famoso aquel cabo, el señor Holden nos dejó pasar.

Me ocupé de Sophie, llevándole las pocas cosas que necesitaba, y pasé la tarde vagabundeando por las habitaciones de aquella casa, que ya empezaba a aparecerme bajo una luz distinta. Farewell's Head estaba amueblada en una caótica mezcla de estilos, pero de una manera suntuosa en todo caso. Me pregunté cuáles de los muebles estarían ya allí cuando sir Robert la había comprado y cuáles, en cambio, habían sido llevados desde alguna de sus otras propiedades. No es que yo buscara algún doble fondo de contrabandista, pero para entonces la idea me había picado. Lo único que me pareció claro era que la mayor parte del mobiliario era vetusto, cuando no decrépito, un homenaje a ese gusto inexplicable que tienen ciertos ricos por los muebles devorados por la carcoma.

Hice al menos un par de expediciones a la cocina y atisbé de nuevo en la escalera del sótano, que de día era mucho menos aterradora, y al final subí a la biblioteca en busca de un libro para Sophie. Había decidido que le haría de lectora y trepé por una escalera de mano para explorar también los estantes más altos de la librería.

Estaba inmersa en mi búsqueda cuando fui sorprendida por la voz de sir Robert.

—¿Irene? ¿Qué hace encaramada ahí arriba? —me preguntó, haciendo que me sobresaltara. No lo había oído llegar.

—¡Sir Robert! —exclamé. Recuperé la calma y le conté mi idea.

Él pareció impresionado, casi conmovido.

—La veo más tranquila hoy... —dijo.

—¿De veras? —dije riéndome—. Yo me siento más bien agitada, en cambio. Será todo este viento... Tengo la impresión de que en cada rincón de la casa hay alguien que me susurra al oído un secreto... Qué bobada inaudita, ¿verdad? —concluí, todavía riéndome.

—¡Oh, no, nada de eso! La entiendo perfectamente, Irene —soltó él—. Es lo bonito de las viejas casas, ese aire de misterio y de sorpresa que viene de su historia.

—Precisamente, sir Robert —asentí—. Y, en el caso de Farewell's Head, es una historia bastante larga y fascinante... Se tiene la sensación de que en todas partes hay algo por descubrir, ¿no es cierto?

—¡Santa palabra! ¡Y hay todavía más por arreglar, mi querida muchacha! ¡Fíjese en el jardín, por ejemplo! Harán falta años para convertirlo en un parque decente...

—El jardín, sí. Y el sótano, los desvanes... Esos lugares donde la gente amontona toda clase de cosas y luego se olvida de ellas —dije, disponiéndome a bajar con un libro.

Él aprobó con profundos ademanes de la cabeza y me ayudó en los últimos peldaños, tranquilo y sonriente como siempre.

—Como ya le he dicho, arreglar como es debido esta casa será mi proyecto para la vejez. Lo gracioso es que cuando se lo conté a lord Bensonmum, un buen amigo mío...

—¡Oh! —exclamé, y me agarré con los dedos el nacimiento de la nariz.

—¿Qué le sucede, querida?

Tuve que apoyarme en la oscura librería.

—Nada, es solo que... tengo una fortísima jaqueca.

Sir Robert, evidentemente, no sabía qué hacer e, incómodo, me ofreció una silla.

—¿He de llamar a Anita?

—No, gracias, sir Robert —le respondí—. Estoy segura de que se me pasará pronto.

—¡Pobre muchacha! —comentó él, meneando la cabeza—. Esos bandidos de los Von Ormstein han creado tal desorden en su joven vida... Es normal que haya sufrido algunas repercusiones... Pero ya ha oído a Loewendorf, ¡todo acabará pronto!

—Así lo espero —le dije, forzándome a sonreír—. Espero de verdad que todo esto pueda acabar pronto.

Capítulo 7

UNA SORPRESA Y UN SUSTO

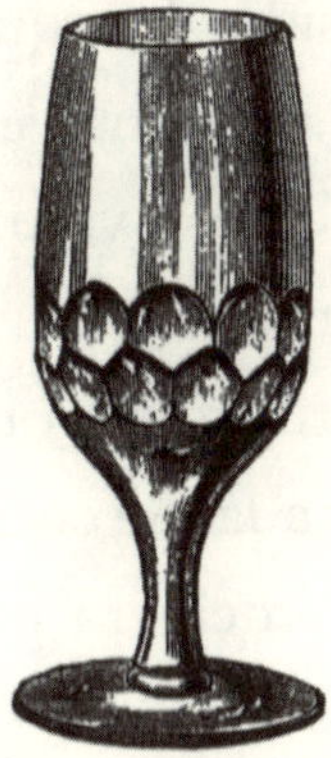

—Beba, señorita —casi me ordenó Anita—. Agua fría. No hay mejor remedio contra la jaqueca.

Estábamos ambas en la cocina, una gran estancia de techo encalado, con dos filas de ollas de cobre colgadas de ganchos y viejos y hondos fregaderos de piedra. Anita, la hermana de Pavel, era una mujer de rostro anguloso, no guapa, pero de particular altivez.

Vestía su uniforme de criada casi con la actitud de un soldado y, por cómo miraba en torno suyo, con fastidio; estaba claro que consideraba aquella estancia su reino.

—Me preguntaba si alguna vez podría serle de utilidad —dije, devolviéndole el vaso.

—¿Usted? ¿Ayudarme a mí?

—Es bastante aburrido tener que estar encerrada en casa sin poder hacer nada. Sé cocinar bien... —mentí—. En Londres, nuestra cocinera me enseñó varias recetas...

—Gracias, pero no será necesario —respondió ella con bastante brusquedad.

—Ah... —proferí yo, decepcionada.

—Lo siento. Ya he preparado la cena.

—¿Y qué, si puedo saberlo?

—Solomillo Wellington.

«¿Qué? ¿Otra vez?», pensé. Parecía realmente una especie de tortura. Solo con oír nombrar aquel plato, los ojos se me humedecieron de nuevo.

Anita se acercó a una alacena, la abrió, la cerró, miró en un cajón, luego lo reabrió.

—Es uno de los platos preferidos de mi padre —repliqué yo.

—Lo sé —respondió la hermana de Pavel en tono enigmático—. Es usted quien no sabe algo importante.

—¿El qué? —pregunté a la defensiva.

Ella miró alrededor con las manos en los costados. Meneó la cabeza.

—No consigo recordar dónde he metido ese mantel... —murmuró. Luego pareció acordarse de mí y me dijo—: Lo que usted no sabe es que...

En aquel momento, los dos mastines ladraron furiosamente y taparon el resto de la frase.

—¿Qué ha dicho? —le pregunté.

Al otro lado de la puerta, los perros continuaban ladrando.

—¿Por qué no corre a su encuentro mientras yo busco el mantel?

—¡Papá! —exclamé poco después, corriendo hacia él—. ¡Papá! ¡PAPÁ!

En cuanto lo vi bajar del carruaje, volé hacia él, aturdida de felicidad. Enterré la cara en su chaleco, lo estreché con todas mis fuerzas y disfruté con sus caricias en mi pelo.

—¡Pequeña mía! ¡Por fin!

—¡Papá! ¿Qué haces aquí?

—Oh, bueno, verás... tengo algunos asuntos que despachar en Liverpool, que no está lejos de aquí, y he pensado que te complacería mi visita.

—¡No te creo! —le dije, feliz.

Qué cara más demacrada la de Leopold. ¡Y su pelo! Había encanecido de golpe. Me pareció increíblemente más viejo de como lo recordaba. Y pensar que solo habían transcurrido pocas semanas desde que nos habían separado.

Le señalé al señor Holden, junto a la verja, y a los mastines, que babeaban sin dejar de ladrar, y le pregunté:

—Pero... ¿no era este un lugar secreto?

Mi padre no se descompuso.

—Digamos que he tratado personalmente con el duque de Loewendorf...

—¡Es él quien me tiene prisionera, papá!

—Vamos, vamos, prisionera... ¡Hay muchachas de la flor y nata que pagarían por verse obligadas a estar en una mansión así!

—Pero yo no soy una chica de la flor y nata —le recordé.

—Oh, no. ¡Tú eres Irene, mi Irene!

Música para mis oídos, eso eran las palabras de mi padre.

—¡Theo! ¡Franz! ¡Basta ya de ladrar! —exclamó sir Robert, que apareció en la puerta—. Lo estábamos esperando, señor Adler.

Qué bonito ver a mi padre caminando por los sombríos salones de Farewell's Head. Era como si, de repente, la casa entera se hubiera despertado de su sopor.

Hicimos una visita a Sophie, que estaba en cama, y luego bajamos a la planta inferior, donde sir Robert tuvo la amabilidad de dejarnos solos.

—Qué excelente persona... —comentó mi padre—. Dentro de la desventura de todo lo que nos está pasando, Irene, he de decir que él es una pequeña joya. Y qué lugar, ¿eh?

—¡Me siento como si hubiera llegado al fin de mundo! —dije yo.

Todavía hoy me resulta un misterio que lograra contenerme para no saltarle al cuello y suplicarle que me sacara de allí.

Mi padre estaba muy entristecido por los acontecimientos de los últimos tiempos. Y se le leía en la cara. Pero también en aquella ocasión demostró ser un hombre íntegro y de una pieza. No dejaba de ser un industrial, un hombre decimonónico, como le gustaba decir a él, a la cabeza de un pequeño imperio del hierro, y, pese a algunos impulsos de cariño, su comportamiento estaba dominado por una mentalidad franca y pragmática.

Me quedé sentada allí, hablando con él, y escuché de su boca consejos sensatos, aflicciones generales pero circunscritas en el tiempo, noticias tranquilizadoras de casa. Me enteré también de su gran satisfacción por el hecho de que el duque de Loewendorf hubiese intervenido con su influencia y sus nutridas filas de conocidos para cuidar de mí. No me irrité, no me sentí abandonada, es más, me sentí tranquilizada por sus palabras. Me pareció que por fin estuviese claro en mi ánimo cómo debería comportarme.

—Y a propósito de casa... —comentó mi padre. Me entregó dos regalos empaquetados que había tenido ocultos bajo la chaqueta—. Este pequeño es mío...

—¿Y el otro? —le pregunté, intuyendo que era un libro.

—De parte del señor Nelson —dijo sonriendo mi padre.

En el paquetito más pequeño había un par de encantadores pendientes con colgante, dos perlas de Tahití de rara belleza. Nunca se los había visto puestos a Geneviève, por lo tanto no eran joyas de familia. Mi padre debía de haberlos comprado expresamente para mí.

—Papá... —dije con la voz quebrada—. Son... son realmente maravillosos.

—¡Ah, bien! Entonces, tú... no te avergonzarás de mí cuando seas la soberana de Bohemia, ¿verdad? —preguntó él, bromeando.

—¡Papá! Pero ¿cómo puedes pensar algo así, aunque sea en broma?

Fui saltando de puntillas hasta el espejo más cercano, donde me probé los pendientes, primero en un lado, luego en el otro. Eran dos gotas de tinta oscura, luminiscentes y misteriosas.

—¡Estás estupenda! ¡Digna de una velada en el teatro de la Scala! ¿Me permite acompañarla, señorita? —comentó Leopold, divertido.

—Gracias, papá. Pero creo que es más probable que vengan aquí, a Farewell's Head, la orquesta y los cantantes —respondí.

—¡Siempre que puedan sortear al señor Holden!

Volví a sentarme a su lado, bromeando sobre mi encarcelamiento. Ambos estábamos alegres y tristes al mismo tiempo. Los dos sabíamos que aquello era una especie de adiós, pero no éramos capaces de decírnoslo ni de comprender realmente qué nos depararía el futuro. Le estreché las manos y él estrechó las mías.

—Ocurra lo que ocurra, nunca podrá romper nuestros lazos… —dijo mi padre. Me rozó la frente, la punta de la nariz, como hacía cuando era pequeña. Cerré los ojos para saborear cada momento—. Eso lo sabes, ¿verdad?

—Sí, lo sé, papá.

—Nunca he sido más feliz que cuando acepté ocuparme de ti. Y tampoco tu madre... —calló un instante, como temiendo un malentendido.

Pero yo había entendido bien a quién se refería, y oírla llamar así me hizo hundirme aún más en la nostalgia.

—Geneviève, quiero decir... —añadió él—. Nosotros siempre te quisimos como si fueras nuestra hija.

¿Cómo hacer para contener las lágrimas?

—Sí... Y yo...

—¡Y tú siempre has sido orgullosamente rebelde, igual que si hubiésemos sido tus verdaderos padres!

Una risa jovial me vino a los labios y bloqueó un sollozo.

—¡Papá! ¡No quiero irme! —exclamé, aplastando la cara en su chaleco de seda. Me cobijé bajo sus grandes manos y deseé desaparecer.

—Y no te irás, pequeña mía. Nunca te irás... Todo

se arreglará, incluso la precaria situación de la corona de Bohemia, y ya verás como, de una manera o de otra, volveremos a Londres... y tú volverás a... —Mi padre rio con una carcajada seca, llena de llanto—. ¡Volverás a hacerme enloquecer vagando por Londres con tus amigos!

—¿Los has visto o has tenido noticias de ellos? —le pregunté.

—No —me dijo mi padre—. Pero estoy seguro de que te quieren y piensan en ti. Igual que estoy seguro de otra cosa...

Dejó de acariciarme el pelo.

—¿De qué? —le pregunté, alzando la mirada.

—De que eres mi hija, Irene —dijo Leopold, con los ojos como dos charcos—. ¡Eres mi hija y siempre serás mi hija!

Yo necesitaba pasar por mi habitación para arreglarme. Había llorado demasiado, aunque habían sido lágrimas plenas de dulzura. Dejé a mi padre en compañía de sir Robert y subí la escalera, con el corazón más ligero por fin. Leopold pasaría la velada en Farewell's

Head, y también el día siguiente. Y la idea me animaba más que cualquier otra noticia.

Cuando abrí la puerta de mi habitación, respiré hondo antes de entrar. Primero di unas cuantas vueltas por el cuarto, luego me senté en la cama y cerré los ojos. Quería a Leopold y él me quería a mí. Fuera lo que fuese lo que nos deparara el futuro, eso no cambiaría nunca.

Reabrí los ojos y vi que sobre la almohada, a mi lado, había algo. Era la hoja de un libro.

Capítulo 8

UNA HOJA Y UNA DUDA

—¿Anita? —llamé, asustada, asomando la cabeza por la puerta—. ¿Anita?

La criada de la casa se apresuró a acudir. Estaba en el mismo piso, donde había terminado de preparar la habitación para mi padre, al fondo del pasillo.

—¿Ha puesto usted esto sobre mi cama? —le pregunté, enseñándole la hoja.

Había sido arrancada de un libro y contenía esta lúgubre poesía:

Un coro de vendavales entona
por una princesa su triste pena,
y de lágrimas una leve estela
va dejando la lluvia gota a gota.
«¿Por qué —el céfiro decir parece—,
queréis desvaneceros en la muerte?»

No solo se trataba de versos poco alegres, sino que alguien había rodeado con lápiz rojo los dos últimos:

«¿Por qué —el céfiro decir parece—,
queréis desvaneceros en la muerte?»

La criada le echó un vistazo a la hoja y negó inmediatamente con la cabeza.

—¿Por qué lo iba a hacer? —me respondió con brusquedad.

—Y entonces, ¿quién la ha dejado? —pregunté. Miramos en torno nuestro—. Aquí no hay nadie más. Sophie está tumbada en la cama, los señores están abajo, hablando, y su hermano Pavel...

—Ha ido a devolverle las herramientas de jardinería al señor Holden —me interrumpió ella.

Me siguió por la habitación para que le explicara mejor dónde había encontrado la hoja. Vio dos libros, sobre la mesilla, y me dijo:

—¿No habrá sido usted misma?

—¿Yo? —repuse.

—Esos los ha cogido de la biblioteca —se explicó la criada—. Son viejos libros estropeados. Quizá, al dejarlos, la hoja se ha desprendido.

—Quizá... Pero creo que me habría dado cuenta —murmuré.

—A lo mejor no. Le recuerdo que, cuando ha bajado a verme, tenía una jaqueca fortísima —dijo ella secamente.

Era una explicación improbable, pero Anita parecía tener la intención de no conceder importancia a aquel pequeño misterio. Ciertamente, yo había estado distraída e intratable aquellos días, era normal que un hecho aparentemente trivial fuera considerado como otra de mis extrañezas.

—Sí —susurré, poco convencida—. Pero es raro...

Oímos abrirse la puerta que daba al jardín y luego los pasos de Pavel en el piso de abajo. Su hermana se asomó para llamarlo y el criado vino hasta nosotras.

—¿Sabes algo de esto? —le preguntó Anita.

Pavel observó rápidamente la hoja, le dio la vuelta, se fijó en que había sido arrancada y luego dijo:

—¿Dónde estaba?

—Sobre la almohada —contesté.

El hombre se acercó a la mesilla, abrió los libros y los examinó sumariamente.

—Probablemente Anita tiene razón —dije, bajando la mirada hasta la mesilla—. En efecto, los libros están bastante deteriorados. La página debe de haberse salido cuando los dejaba ahí y...

—Es posible. Aunque parece haber sido arrancada —comentó Pavel, observando la hoja con el ceño fruncido antes de devolvérmela.

Anita fue a hablar con Bingham, Pavel se marchó en dirección a la biblioteca y yo doblé en cuatro la hoja y la escondí con cierta aprensión en la mesilla. Luego fui a hacerle una visita a Sophie.

—¿Se puede?

—Adelante, Irene —respondió mi madre desde la cama, en la que estaba tumbada—. ¿Qué ocurre?

No le hablé de la misteriosa hoja arrancada, no servía de nada inquietarla con los versos de aquel cruel poema. Me senté a su lado y le pregunté cómo estaba. Le enseñé los pendientes y le di la buena noticia de que Leopold se quedaría hasta el día siguiente.

Luego respiré hondo y le dije algo que me acuciaba:

—Mamá, ¿puedo hacerte una pregunta un poco extraña?

—Pues claro, cielo. Pregúntame lo que quieras.

—Nosotras, quiero decir... tú...

No sabía por dónde empezar. Tal vez por los pendientes de mi padre precisamente y por el hecho de que eran un regalo de gran valor. Debían de haberle costado una fortuna.

—¿Cuál es la situación de nuestras finanzas? —conseguí preguntar por fin.

Sophie se quedó indudablemente sorprendida, aunque también le hizo cierta gracia la pregunta.

—¿Quieres saber si tu madre es rica o pobre, Irene?

—Quiero saber si tenemos dinero, sí —reconocí.

Ella se arregló la ropa de cama de manera que quedara al descubierto el tobillo todavía hinchado, y me contestó:

—El señor Loewendorf es un hombre riquísimo, Irene, y no tiene familia. Con su gran gentileza, ha puesto a nuestra disposición mucho dinero, y títulos de acciones, pero... ¿puedo preguntarte el porqué de esta pregunta? ¿Acaso tienes miedo de que él y yo...?

—¡No! —exclamé—. No tengo miedo de eso.

—¿Y entonces?

Aire. Necesitaba aire. Pasé por la cocina y salí de la casa, rápidamente. Botas, un abrigo grueso y ¡fuera! No me apetecía pensar. No hacía otra cosa últimamente. Y había demasiadas emociones ahogadas dentro de aquellas estancias. No quería empezar a tener miedo. No quería pensar en cuando mi padre se marchara. En lo que haría una vez sola de nuevo. No quería provocarme otra jaqueca, que, después de los llantos con Leopold y la visita a Sophie, sentía lista para estallar. ¡No quería estar mal!

En cuanto enfilé el camino, los perros me siguieron. En otro momento habría disfrutado de su compañía. Pero no aquella vez. También ellos estaban entre mis carceleros, entre aquellos que me impedían moverme libremente y hacer lo que quisiera. Me dirigí hacia la casucha del odiado señor Holden y hacia la aún más odiada verja. El cielo era de color plomizo y el mar estaba en calma por fin, la tormenta había pasado y el viento soplaba con fuerza pero uniformemente. Y, sobre todo, no silbaba como un demonio maligno. A cambio, los mastines jadeaban y gruñían.

Recorrimos todo el camino y luego torcimos hacia la casa del guarda, que dejamos atrás.

—¡Tomad esto! —les dije cuando me harté de los perros. Les tiré dos grandes lonchas de jamón que había robado en la cocina y, mientras ellos se sentaban a comérselas, pude estar unos instantes a mi aire.

Pero cuando intenté acercarme a la verja, los dos empezaron a gruñir y a ladrar y no hubo manera de hacer que se callaran. Oí descorrerse los visillos de la casa del guarda y me detuve. Levanté los brazos en señal de rendición y luego corrí como pude hacia la casa para dar a entender que no quería escaparme.

No me volví para comprobarlo, pero estaba segura de que el señor Holden estaba tras la ventana, mirándome.

Cenamos los cuatro juntos porque Sophie insistió en que prepararan un lugar para ella en la mesa, con un cojín sobre el que apoyar el pie. Fue una cena muy agradable: mi padre estaba feliz por el solomillo Wellington y yo por tenerlo a él allí, conmigo.

En la conversación con sir Robert, salió a relucir que al día siguiente había una regata de vela con ocasión de la fiesta del pueblo. Y, recordando los festones que había visto colgar cuando habíamos ido a la consulta del médico, pregunté qué fiesta era aquella.

—Me han explicado que es una tradición del pueblo —dijo sir Robert—. Se conmemora una batalla ganada a los irlandeses cuando en esta parte de la costa menudeaban las correrías.

—¿Te quedas para verla con nosotras? —le pregunté a mi padre—. ¡Por favor! Quédate un poco más.

Mi padre respondió que se quedaría de buena gana, pero que luego, antes del anochecer, partiría para Liverpool, donde tenía una cita con los armadores de un buque transoceánico llamado Atlantic.

—¿Es largo el viaje? —le preguntó Sophie.

—Una hora y media en carruaje, diría yo...

—Conozco a los caballeros de la White Star Line, que ha construido el Atlantic y muchos otros barcos de concepción moderna —dijo sir Robert, y mencionó un par de nombres que mi padre también parecía conocer—. Son unos excelentes armadores. ¡Gente emprendedora!

—Exactamente. Y, según parece, los negocios les están yendo más que bien, puesto que quieren botar otro barco de pasajeros ¡y yo les suministraré el hierro para el casco!

—¡Buena jugada, señor Adler! —se alegró sir Robert.

Luego se sobresaltó cuando uno de los postigos de las ventanas del comedor golpeó contra el marco.

—¡Debe de haberse salido de la anilla otra vez, señor! —dijo Bingham, y salió para ocuparse de ello.

—¡Menudo viento! —comentó mi padre—. Esperemos que no aplacen la regata.

—Esperémoslo. Aunque yo ya me estoy acostumbrando a esta ventolera, ¿sabes? —intervine.

—¡En Londres no mostrabas este aprecio por las corrientes! —dijo él, divertido.

También Sophie me miraba. Le sonreí, cómplice. Ya le había contado que el viento de Farewell's Head empezaba a gustarme. Pero era algo entre ella y yo. Un pequeño secreto. Como los versos escondidos en mi mesilla.

Abrí el cajón antes de meterme en la cama. Puse el dedo sobre el círculo rojo.

«¿Por qué —el céfiro decir parece—,
queréis desvaneceros en la muerte?»

Y no pude evitar pensar, con un escalofrío, que habían sido escritos precisamente para mí.

Capítulo 9

UN AMIGO Y OTRO AMIGO

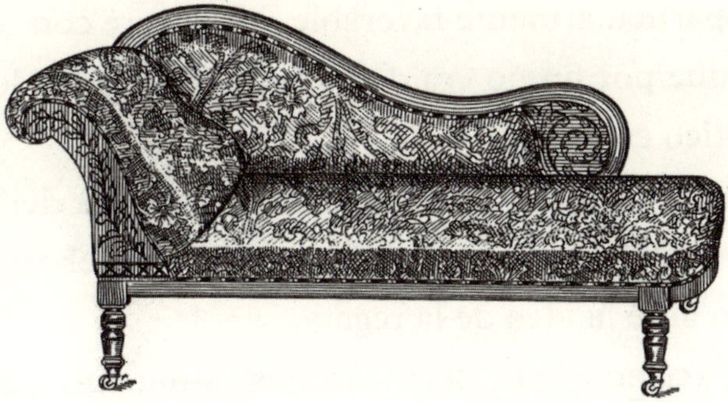

A la mañana siguiente me sentía destrozada. Y cuando, en el desayuno, me preguntaron si había dormido bien, dije la verdad:

—Poco, muy poco.

—Tu amigo el viento... Fascinante a su manera, pero ¡bastante molesto en las horas nocturnas! —comentó mi padre, mirándome con expresión cómica.

—Hoy, sin embargo, hace bueno —se entusiasmó

por su parte sir Robert, mirando por la ventana—. ¡Ideal para la regata!

La ocasión de que algo nuevo nos distrajera me pareció particularmente favorable. Me alegré con un bostezo, que por fin no era de aburrimiento, sino de sano, auténtico cansancio.

—El mejor sitio donde situarse para gozar del espectáculo es aquel prado de allí... —dijo sir Robert, envanecido ante la idea de la regata.

—Excelente, sir Bewel-Tevens —dijo mi padre—. Voy a avisar a Sophie.

Bingham, Anita y Pavel, bajo la dirección de sir Robert, prepararon un pequeño refrigerio en el jardín de Farewell's Head, frente al mar. Sacaron algunas sillas y una mesita, sobre la que Anita extendió un mantel de Holanda en el que dispuso emparedados de aspecto delicioso, algunos de crema de nabos rojos, otros de queso y pepino, otros de arenque y eneldo, otros más misteriosos aún.

Pavel llevó una *dormeuse* para mi madre y, en el momento preciso, cuando oímos un festivo toque de campanas en el pueblo vecino, mi padre subió de nuevo a la habitación de Sophie, la bajó en volandas y la tumbó sobre los almohadones.

La pequeña bahía de Oakenholt estaba salpicada de las telas blancas de las velas y mi padre observó que, para ser un perdido pueblecito galés, había muchos participantes. Contamos juntos una veintena al menos, y me dio tiempo de ver pasar la primera de las embarcaciones bajo el cabo de Farewell's Head antes de que la jaqueca volviera a hacerme compañía.

Apreté los dientes.

—¡Verdaderamente, has elegido el mejor lado, Robert! —le estaba diciendo Sophie a nuestro anfitrión.

—¡Una vista magnífica! —aprobó mi padre—. Y la regata está realmente disputada. ¡Una maniobra certera y cualquiera podría llevarse a casa el primer premio!

Entorné los ojos y me hice visera con una mano para evitar los destellos del sol. Me puse en pie y, por un momento, mi silla de mimbre se balanceó antes de que Leopold se apresurara a agarrarla por el respaldo e impedir que cayera.

—Perdonen... —dije—. Es que no me siento demasiado bien.

Sophie y Leopold cruzaron una mirada de preocupación. Intenté tranquilizarlos:

—Supongo que la noche en vela no me ha beneficiado. Me duele otra vez la cabeza y el sol me resulta muy molesto. Con su permiso, quisiera retirarme a mi habitación. A lo mejor, si descanso un poco, podré volver para el final de la regata.

—¿Necesita ayuda, señorita? —se ofreció Anita.

—No, gracias —contesté—. Solo voy a echarme un rato.

Y es lo que hice, dejando a mi pesar a Leopold, que iba a marcharse poco más tarde. Volví a la casa, cerré con llave la puerta de mi cuarto, me la metí en el bolsillo y desaparecí durante un par de horas.

Cuando oí tocar, me arrebujé en las mantas de la cama. Mi respiración era irregular y forzada. Quise recomponerme y me impuse estar lúcida. Me tambaleé hasta la puerta, metí la llave y entreabrí.

Era Anita.

La miré con los ojos muy abiertos.

—¿Señorita Irene? ¿Se encuentra bien?

—No del todo, no. Creo... creo que he tenido una pesadilla —dije, sacudiendo la cabeza—. Estoy cubierta de sudor y... ¡no consigo recordar nada!

—Lamento molestarla, pero... hay dos jovencitos, en la verja, que insisten en verla.

Volví a la realidad en un segundo.

—Uno de ellos me ha pedido que le diera esto...

Cogí la tarjeta de visita.

—AUGUSTE PAPON. Viajante de comercio —leí. Luego grité—: ¡Arsène! ¡Son Sherlock y Arsène! ¡Están aquí! ¡Déjenlos entrar!

Me volví para coger un vestido y prepararme para salir corriendo.

—¿Y su dolor de cabeza, señorita?

—¡Va mucho mejor! —respondí, radiante—. ¡Mucho, mucho mejor!

Me vestí con ansia, feliz y descolocada por la noticia de su llegada. En solo unos instantes estaba ya a la puerta de la mansión. Los vi llegar a pie, en compañía de un Pavel que, incluso desde mi lejano punto de observación, parecía evidentemente irritado, y de los mastines de sir Robert. Arsène lucía un amplio impermeable blanco, parecido a una capa, mientras que Sherlock, un palmo más alto que él y con una aureola de pelo revuelto, iba vestido con un traje a cuadros de cazador. Ambos calzaban botas altas y relucientes y levantaron los brazos nada más verme, desencadenando la furia de los perros. De sir Robert, Sophie y mi padre, pese al jaleo, no se veía ni rastro, debían de estar todavía contemplando la regata en el prado del otro lado de la casa.

—¡Arsène! —exclamé con alegría, abrazándolo a él primero. Luego, estrechando contra mí la delgada silueta de mi segundo gran amigo, añadí—: ¡Sherlock! ¡No podéis ni imaginar lo feliz que me hace veros!

—¡Te echábamos de menos, sabueso! —exclamó Arsène.

—¿No me habéis esperado? ¿Habéis perseguido a más criminales sin mí?

—¡Qué va! ¡No hemos resuelto ni un caso desde que te marchaste! —dijo Sherlock entre risas.

—Miente —intervino Arsène—. La verdad es que ni siquiera lo he visto a él, está desaparecido entre los libros escolares...

—Y tú, ¿aún te haces pasar por el distinguido monsieur Papon? —le pregunté.

—¡Con notable éxito, he de decir! —se rio mi amigo.

Mientras, Anita y Pavel nos miraban con contrariedad. Para ser una futura soberana escondida en un lugar secreto, estaba recibiendo demasiadas visitas.

—¿Cómo me habéis encontrado? —les pregunté a mis amigos, indiferente a la expresión de los dos criados.

Sherlock titubeó antes de responderme, pero Arsène no se lo pensó dos veces:

—¡Atosigamos a Leopold hasta que nos dio la dirección!

—No me ha dicho nada...

—Le pedimos que guardara la mayor reserva, porque queríamos darte una sorpresa —explicó Sherlock—. Y no estábamos seguros de cuándo podríamos venir exactamente.

—Pero, por suerte, al final nos hemos dado prisa, como ves —intervino Arsène.

—¿Y tú? ¿Cómo has convencido a tu madre esta vez? —le pregunté a Sherlock.

—¿Es que no sabes que el Alpine Club de Inglaterra, del que soy miembro imaginario desde hace al menos dos años, organiza magníficas excursiones a Gales? —me contestó él con su habitual sonrisa socarrona.

—¡Pues claro, el viejo y buen Alpine Club! —dije.

Me fijé luego en que no traían equipaje y les pregunté por qué.

—Hemos encontrado alojamiento en la Packard Goose Inn, en Oakenholt —respondió Sherlock.

—¡Y nos ha costado una verdadera fortuna! —añadió Arsène—. Estamos en la habitación más grande y de precio exorbitante, porque las demás estaban todas reservadas.

—La fiesta del pueblo —dije.

—¡Para haberlo sabido! —dijo Arsène, riéndose. Después, por fin, levantó la mirada hasta la austera fachada de Farewell's Head—. ¡Habría que poner un par de festones aquí también! Dios mío, qué ambiente tan tétrico... Y ustedes dos, ¿por qué nos miran tan mal?

—Le aconsejo que use otro tono, señor Papon —masculló Pavel—. Ninguno de ustedes debería estar aquí en estos momentos.

—El señor Adler ha actuado con mucha ligereza —añadió secamente Anita—. Estas no eran las instrucciones del duque de Loewendorf.

—¿De qué duque de los demonios hablan? —soltó Arsène—. Esta, mi estimada señora desconocida, es nuestra amiga Irene. ¡Y nosotros vendremos a verla todas las veces que queramos!

—¡No se permita hablar así del duque de Loewendorf! —rebatió Anita con ímpetu.

Estaba segura de que, con solo que Arsène hiciera un movimiento, uno de los perros que nos rondaban le clavaría los colmillos, pero precisamente en aquel momento asomó desde detrás de la casa la cara redonda de sir Robert Bewel-Tevens.

—¡Anita! ¡Pavel! —intervino el dueño de la casa—. ¿Qué ocurre?

Al ver a mis dos amigos, una de sus cejas se alzó interrogativamente.

—¡Señor!

—Holden se oponía a dejarlos pasar, pero la señorita Irene ha asegurado que se trata de dos buenos amigos suyos.

—Ah, sí, Leopold me ha hablado de esta eventualidad —respondió sir Robert—. Ustedes deben de ser...

—Sherlock Holmes.

—Y Auguste Papon, para servirle, señor. Pero, sobre todo, ¡para servir a nuestra amiga!

—Señor —dijo aún Pavel—, mi consejo es que se advierta a...

—¡Vamos, Pavel, no creemos complicaciones inútiles! —cortó en seco sir Robert—. Estos jovencitos son amigos de nuestra huésped. Buenos amigos. Vengan, muchachos, cojan una silla y únanse a nosotros. ¡Ya están en la vuelta final!

Y así, de la manera más inesperada, me vi bebiendo limonada y mordisqueando pequeños emparedados en el prado en compañía de Sherlock y Lupin. Después de las necesarias presentaciones y saludos, nos sentamos en un rincón apartado, dejando para los mayores el espectáculo público de la regata y centrándonos, en cambio, en el hecho de estar juntos de nuevo. Me parecía increíble cómo había cambiado todo en el transcurso de dos días: del lúgubre coloquio con el duque a la visita de mi padre y ahora la de Arsène, que me miraba con sus ojos profundos, y Sherlock, que en voz baja me desgranaba los detalles que lo habían llevado a la conclusión de que ni Pavel ni Anita era dos simples criados.

—Musculatura pronunciada, signo de un cuerpo entrenado. Espalda derecha, paso marcial. Una herida de arma blanca en el antebrazo izquierdo, que difícilmente puede uno hacerse quitando la mesa. Mientras que ella, creo, se ocupa de redactar los informes; lleva corpiño bajo el vestido y no me sorprendería que fuera una especie de protector, y tiene restos de tinta bajo las uñas del pulgar y del índice, debidas obviamente a una cierta regularidad en la escritura.

—¡Bien hecho, amigo! —le felicitó Arsène.

—Por lo menos es verdad que son hermanos —concluyó aquel campeón del razonamiento deductivo que respondía al nombre de Sherlock Holmes—. Reaccionan automáticamente a los requerimientos del otro, señal de que son dos personas que crecieron juntas.

—¿Y qué me dices de ellos? —intervino Arsène, señalando a los dos perros tumbados a escasa distancia de nosotros.

—Madre e hijo, diría —respondió Sherlock—. Ocho años ella, tres o cuatro él.

—Te equivocas —dije—. Se llaman Theo y Franz.

—Pero uno de ellos es hembra —observó Arsène.

Sherlock lo pensó un instante y después:

—¿Franziska?

Y cuando el mastín levantó la cabeza y trotó hasta él para comerse el bocado que le ofrecía, Arsène y yo cruzamos una mirada divertida.

—¡Igual que en los viejos buenos tiempos! —exclamó él—. ¡Es imposible pegársela a Sherlock Holmes!

Por un instante todo me pareció como antes: nosotros tres confabulando y bromeando en una especie de burbuja de amistad y complicidad que nos protegía del mundo exterior. Sin embargo, aquella vez no podía dejar de advertir un velo de tristeza, que se posaba en mis pensamientos y se cernía sobre nosotros como la sombra de aquella casa.

—Tienes razón —comenté, entristecida por aquella certidumbre, dejando que mi mirada vagara por la superficie del mar salpicada de velas—. Todo es igual... Pero, en el fondo, todo es diferente también.

Capítulo 10

UNA DESPEDIDA Y UNA DESAVENENCIA

Me detuve detrás de la esquina de la casa para escuchar, porque ellos no se habían percatado de mi presencia.

—Me pregunto, señor Adler —le estaba diciendo sir Robert Bewel-Tevens a mi padre—, si no convendría que se llevara con usted a esos dos chicos. No quisiera que...

—Con toda franqueza, sir Robert, no estoy de acuerdo. Los tres son grandes amigos y, por el bien de Irene, me permitiría más bien aconsejarle que les conceda prolongar su visita. Siempre que no le causen demasiadas molestias, naturalmente.

—¡No, no, qué molestias! Para mí es una alegría ver a toda esta juventud. Es solo que, comprenderá, me preocupo. Le he dado al duque mi palabra de que intentaría mantener el máximo grado de alerta en torno a su hija.

—Y lo está haciendo. Pero yo la conozco bien, y sé de su índole rebelde. Cuanto más prisionera se sienta, mayor será el riesgo de que cometa alguna intemperancia... Yo mismo, en el pasado, tuve algunas dudas sobre esos dos jovencitos, pero ahora ya no, sir Robert.

—¿Y qué le hizo cambiar de opinión?

—El señor Nelson.

—¿Su mayordomo?

—Así es. Horace es una persona de gran agudeza e inteligencia, fue él quien me hizo notar que Irene estaba más tranquila en casa cuando podía frecuentar a los amigos que ella misma había elegido y no los que a nosotros nos habrían gustado para ella. Arsène y Sherlock son dos buenos chicos, increíblemente despiertos, pero también de buen corazón, créame.

—Yo también he de admitir que me han dado una buena impresión.

—Lo cierto es que siempre han tenido un efecto benéfico sobre la inquietud juvenil de Irene. Además, estos chicos la han seguido hasta el fin del mundo, no solo hasta aquí. Estuvieron con nosotros en París, a pesar de la guerra; en Saint-Malo; en Évreux, y en aquel terrible viaje a Escocia, donde de hecho salvaron a mi hija... ¿Cómo llamaría a eso sino una demostración de profundísima amistad?

—Supongo que es como dice —asintió sir Robert—. Daré orden a Pavel y Holden de que siempre los dejen entrar, entonces.

—Gracias. Ya verá, sir Robert, como así también le será a usted más fácil pasar estos días.

En aquel momento oí unos pasos detrás de mí y, carraspeando, irrumpí en escena.

Después del llanto del día anterior, la despedida de mi padre fue más serena y plácida. El futuro era una incógnita, pero el cariño que nos ligaba no, y ambos lo sabíamos. Eso parecía hacernos más fuertes.

Leopold subió al carruaje y se despidió de mí con un restallante beso.

—¡Hasta pronto, cielo! —dijo, y luego su carruaje desapareció al otro lado de las puntiagudos barrotes de hierro forjado de la verja.

Yo me quedé inmóvil como una estatua hasta que ya no oí siquiera el lejano ruido de los cascos de los animales. Cuando me volví, los tres hombres que me acompañaban, Sherlock, Arsène y sir Robert, parecían competir por ver quién estaba más cohibido. Mi ánimo, a diferencia del día anterior, no estaba trastornado, pero alguna lagrimita se había abierto camino hasta mis ojos.

—¿A qué viene esto? —les pregunté a los tres, secándome las mejillas—. ¿Creéis que nunca llorasteis vosotros de pequeños?

Debe de haber algún motivo por el cual los varones, en determinado punto de su crecimiento, pierden la capacidad de mostrar sus sentimientos; como si llorar, disgustarse o conmoverse fueran aspectos de la personalidad incompatibles con tener barba y bigote. Pero aquel no era buen momento para tratar el tema. Entre otras cosas porque el rostro de Arsène, de un bonito color bronceado, todavía era lampiño como la cerámica, mientras que el de Sherlock lucía unos largos pelos solitarios.

—¿Podemos dar un paseo? —le pregunté a sir Robert, señalando el pueblo de Oakenholt—. Tengo necesidad de caminar un poco.

—Me temo tener que responderte que no —replicó él, que, tras la llegada de mi padre y su insistencia en considerarme alguien de su familia, había pasado a tutearme—. Es demasiado peligroso.

—¡Pero si estamos nosotros para defenderla! —intervino Arsène—. ¡No le sucederá nada!

—Son muy generosos, señores. Y su ardor es parejo a su determinación, pero me temo, no obstante, que he de impedir ese paseo. A menos que no se contenten con ir hasta la verja y después regresar aquí.

—¡Se lo suplico, sir Robert! —exclamé—. ¡Hay menos de una milla hasta la plaza del pueblo! ¡Estaremos de vuelta dentro de media hora!

—Si no se fía de nosotros, puede pedir al húsar a su servicio que nos acompañe —añadió Sherlock.

Sir Robert lo miró, sorprendido por el hecho de que hubiera empleado el término «húsar».

—El corte diagonal de las patillas —aclaró Sherlock, despacio—. Si la memoria no me engaña, es típico de los húsares.

Bewel-Tevens hizo un ademán con la mano, como diciendo que el detalle no tenía importancia.

—Hasta la verja, si quieren —replicó, dando ya media vuelta.

—Genial... Haciéndote el sabiondo, lo has enfadado, ¿has visto? —bromeó Arsène en cuanto estuvimos solos.

—Se le veía bastante inflexible, en efecto —dijo Sherlock, riéndose sarcásticamente—. Creo que es por ese carácter áspero suyo por lo que no ha encontrado esposa.

—Yo también me preguntaba, de hecho, si era viudo o soltero —dije.

—No lleva anillo, ni hay rastro de que lo haya llevado recientemente —rumió Sherlock—. Salvo sorpresa, diría que nuestro sir Robert es un solterón.

—¿Y bien? —preguntó Arsène—. ¿Qué hacemos? ¿Vamos hasta la verja?

—Mejor que quedarnos quietos aquí —contestó preocupado Sherlock. Luego cruzó las manos a la espalda y, con los perros pisándole los talones, echó a andar por el camino.

Mientras andábamos, azotados por el viento, yo pensaba en cómo contarles mis últimos propósitos. Tal vez a partir del sueño del laberinto... Y es lo que hice.

Pero, llegado el momento de interpretar el reloj de agua, me bloqueé y esperé su ayuda.

—Es extraño que precisamente yo te llevara al laberinto —comentó Arsène a mi lado—. ¡Si acaso, prefiero salir de sitios como ese!

—Los sueños no tienen casi nunca un sentido coherente. Pero parece que tu mente te está sugiriendo que... tienes poco tiempo —comentó Sherlock, seco—. Pero no se sabe para hacer qué.

Llegamos frente a la casucha del guarda y torcimos hacia el cobertizo de las herramientas.

—Quizá tenga poco tiempo para... —insinué, emocionada por aquella interpretación de mi sueño. Y miré al otro lado de la verja.

—¿Para irte de aquí? —adivino Sherlock.

—¡Sí! Para huir y desaparecer. A lo mejor... ¡a lo mejor con vuestra ayuda! Podría cambiar de nombre y esfumarme. Podríamos, quizá... —dije, mientras mi corazón se ponía a galopar.

—¡Convertirnos en tres vagabundos! —exclamó Arsène—. ¿Por qué no? ¡Y además, tú eres buena fingiendo ser otra! ¿Recuerdas cuando te presentamos como el huraño jovenzuelo irlandés Irving O'Malley en el club de piragüismo?

Me reí. Cómo no lo iba a recordar. Una ráfaga de viento se coló entre mis ropas y me puso la piel de gallina. Me volví hacia la casa del guarda y vi que los visillos estaban entreabiertos.

—Ese mal bicho de Holden nos está mirando —susurré, volviendo la cabeza hacia el lado opuesto.

—No me sorprende —observó Sherlock.

Después calló, sombrío.

—Es una estupidez —dijo al fin.

—¿Qué es una estupidez? —le pregunté.

—Intentar huir. Es la idea más tonta que he oído nunca.

—¡Eh, Sherlock!

Pero él no se detuvo.

—Lo digo de veras, Irene. Estaría bien que te la quitaras de la cabeza. Tiene razón sir Bewel-Tevens en estar preocupado. Yo también lo estaría. Esta no es una de nuestras investigaciones, no es un juego.

—Nosotros nunca hemos jugado, Sherlock —rebatí en voz baja.

—Al contrario, sí que hemos jugado. Hemos jugado a los aventureros, los más intrépidos y astutos de todos. Hemos corrido riesgos y, al hacerlo, nos hemos divertido sumamente, es innegable... Pero esta vez es diferente —dijo, señalando con la cabeza la casa del guarda—. Esta vez no es cuestión de demostrar lo buenos o sagaces que somos. Aquí hay enemigos de verdad. Enemigos peligrosos. Capaces de todo. Y sería tonto subestimarlos.

—Has sido claro —dije, meneando la cabeza, herida. Herida por aquellas palabras. Por el modo en que Sherlock hablaba, como si fuese el único de nosotros en haber comprendido realmente cuál era la situación en que se había hundido mi vida. El calmado y reflexivo Sherlock, el amigo con el que había vivido aventuras trepidantes y peligros de toda clase, se había transformado de golpe en un arrogante y sentencioso señor Holmes—. Pero quizá se te escape algo... —me esforcé por añadir, aunque en realidad lo que me habría gustado hacer era abofetearlo—. ¡Y es que no hacía falta hacer tanto camino si todo lo que tenías que decirme es que debo portarme bien en la jaula en la que me han metido!

Él me miró, pasmado, como si no fuese consciente de lo que había afirmado, como si, por error, hubiese dado voz a pensamientos equivocados y ahora quisiera dar marcha atrás y buscar otras palabras.

—La verja, mister Holmes —le señalé, entornando

los ojos hasta que fueron como hojas de cuchillo—. Usted, a diferencia de una servidora, es libre de traspasarla cuando desee, en cualquier momento. ¡Y muchas gracias por la visita!

En aquel instante, consideré lo bastante digna una huida a la carrera hasta el acantilado.

—¿Irene?

—Vete —dije sin volverme.

Pero él no me obedeció. Arsène Lupin nunca me obedecía. No obedecía a nadie, nunca lo había hecho.

—Siento lo que ha dicho Sherlock.

Yo mantuve la mirada fija en el mar, testaruda.

—Quizá él no.

—Te equivocas. Ya se ha arrepentido.

—¿De veras? ¿Y por eso vienes tú a hablarme?

Arsène se acuclilló en el acantilado junto a mí. Probó a hacerme una caricia en el brazo. La eludí y él suspiró.

—Está así desde que regresamos de Escocia —continuó.

—¿Y tú sabes cómo estoy yo desde que regresamos? ¡Tengo miedo de todo, Arsène! ¡De todo! De cada cosa que hago o que digo. ¡De las personas! ¡Incluso de mis amigos, ahora!

De alguna manera, mi mano había acabado entre las suyas. Y allí se quedó. ¡Dios mío, qué ojos tan intensos tenía Arsène! Y qué cerca parecían estar. Y su voz... Su voz habría podido convencerme de que el mar era una extensión de oro y el sol una inmensa granada. Era imposible que lograra consolarme sin que yo pensara que me estaba cortejando, de esa manera espantosamente carente de malicia que se posee a los catorce años.

«Cortéjame entonces, Arsène. Cortéjame y sácame de aquí en tu caballo alado», me dije. «Pero haz que cese este miedo que me atormenta, que me tiene despierta todas las noches y me hace pensar cada mañana que me descubrirán. ¿A qué esperas, amigo mío? ¿Qué más necesitas saber?»

—Tiene miedo de perderte —me reveló Arsène en voz baja.

—¿Y tú? —le pregunté—. ¿Tú no tienes miedo de perderme?

—Es lo único en lo que pienso —dijo él.

Y me estrechó. Y yo me abandoné entre sus brazos.

—Yo no quiero perderte —me susurró al oído.

—Quieres decir que... no quieres perder nuestra amistad... —balbucí—. Tú, Sherlock y yo...

Pero Arsène no quería decir aquello. Y la distancia que nos separaba se volvió de repente un abismo que él saltó sin pensárselo para besarme.

Solo Dios sabe qué deseos tenía de corresponder aquel beso. Que no era el primero, pero que me pareció diferente a los otros. Como si anunciara, silenciosamente, que estábamos a punto de hacernos adultos. Pero, si lo hubiese hecho, si me hubiese abandonado a sus labios en aquel momento, habría aceptado que todo cambiara, sin posibilidad de poder volver atrás.

A nosotros tres. Sherlock, Lupin y yo. A nuestra encantadora, única amistad. Todo se habría roto para dar paso a otra cosa. Era una bifurcación en nuestro destino y solo tenía un instante para decidir qué camino tomar.

Mi mano se alzó rapidísima y detuvo sus labios. Vi que Arsène abría mucho los ojos entre mis dedos y me miraba sinceramente sorprendido.

—Gracias por haber venido hasta aquí para defender a nuestro amigo —le dije, descubriendo dentro de mí que aquello era lo que debía hacer—. Dile a Sherlock que se me ha pasado el enfado y que le perdono. Simplemente estoy cansada. Muy cansada.

Después, con la misma mano, le acaricié la mejilla.

Y me pregunté por qué las cosas más hermosas del mundo son, por su propia naturaleza, inasibles, incluso cuando te parece que puedes apretarlas entre los dedos.

Capítulo 11

UN PASEO Y UN DESAIRE

Al día siguiente, en el desayuno, sabía que todos me estaban mirando y que estaban preocupados, aunque no dijeran nada. En su lugar, yo habría hecho lo mismo.

—Lo sé —dije, mordisqueando un pico de tostada—. Tengo un aspecto horrible.

—¿Otra noche insomne?

—Algo por el estilo, sir Robert.

—¿Tenemos que preocuparnos, Irene? —insistió él.

—Oh, no, en absoluto. ¡Todos nosotros, tarde o temprano, vamos a morir! —respondí, y me arrepentí enseguida de mi impertinencia—. Disculpen. Es que la jaqueca no me da tregua.

—Irene, ¿hay algo que podamos hacer para ayudarte? —me preguntó Sophie.

—¡Vaya si lo hay! —le contesté, doblando la servilleta del desayuno—. Hay miles de cosas que podrían serme de ayuda. Por ejemplo, poder dar un paseo por el pueblo con mis amigos, salir de aquí, ver algo que no sean estos viejos muros... No digo quedarme a bailar en la fiesta del pueblo, sino solamente comerme una manzana confitada de un penique... Pero, por lo que parece, ni siquiera mi deseo de un penique se hará realidad, ¿verdad, sir Robert?

Lo vi palidecer y estrujar la servilleta con rabia. Era evidente que empezaba a sudar, en su empeño de mantenerme a raya, y que el encargo del duque de Loewendorf al que se había prestado generosamente comenzaba a resultarle terriblemente ingrato.

—¡Irene, por favor, no digas eso!

—Si quieres, me callo, Sophie. Está bien. —Me levanté—. Pero al menos permitid que lo piense. Y si no os molesta, ahora voy a consumirme de nostalgia en uno de los sofás del salón.

Tal vez exagerara un poco el movimiento y me levantara demasiado deprisa. Dicen que, cuando se está muy cansado, los movimientos bruscos hacen caer sobre los ojos una especie de telón. Un instante antes estaba apoyada en la mesa e inmediatamente después me encontraba tendida en el suelo mientras Sophie pedía ayuda y sir Robert, de pie a mi lado, era incapaz de decidirse a hacer algo.

Llegó Anita, que los apartó a todos y se puso manos a la obra para despertarme. Sherlock se había equivocado, pensé con satisfacción, ¡no era taquígrafa, sino enfermera profesional!

Lo que hizo funcionó. De una manera o de otra, y con un par de moratones de más, funcionó.

Estaba paseando. Fuera del recinto de Farewell's Head en el acantilado. Con Sherlock y Arsène. Pavel me había llevado hasta la posada donde se alojaban, había entrado a llamarlos y después había dejado que tomáramos uno de los senderos de la costa, entre calas y pequeñas playas. Aquel paisaje me recordaba de un modo increíble —y era, por eso, una mezcla de alegría y dolor— a las playas de Saint-Malo, donde nos habíamos conocido. Entre una palabra y otra observaba el mar, como si al cabo de poco hubiese podido distinguir el bulto desmañado de un cadáver arrastrado por la marea. Y todo lo que había seguido, las persecuciones por los tejados, los tiroteos y las incursiones a hoteles y timbas clandestinas que nos habían llevado a desenmascarar a nuestro primer culpable.

—Yo creo que deberíamos volver a hacer la misma promesa que hicimos entonces —dije aquel día—. ¿Os acordáis del caso de la dama de picas?

—¿Y quién podría olvidarlo? —replicó Arsène, que parecía haber dejado atrás nuestro último encuentro.

—Fue la última vez que mi madre nos llevó de vacaciones —reflexionó Sherlock—. Pero no echo de menos el mar.

—Entonces hagámosla de nuevo. Como entonces: olvidemos las incomprensiones de la tarde de ayer y digámonos que entre nosotros nada ha cambiado.

—Es más bien difícil, porque... —hizo notar Arsène señalando a Pavel, que nos seguía a no más de diez metros—, ¡tu mastín de dos patas no nos pierde de vista ni un segundo!

Sherlock no dijo nada y se limitó a lanzarle una mirada de fastidio a Pavel.

—Yo digo que la hagamos de nuevo —insistí. Y, para darles a entender que hablaba en serio, alargué la mano en medio de los dos—. O todos o ninguno.

Pavel nos echó una ojeada distraída desde su posición apartada, como se mira a tres niños que estén construyendo un castillo de arena. No había entendido con quiénes se las estaba viendo de verdad.

—Bien —dije entonces, mirando a mis amigos. Sentía sus manos sobre la mía y, por cómo habían repetido el juramento conmigo, comprendía que sus intenciones eran las de siempre, y que en el fondo de su corazón había una pureza que ninguna pelea entre nosotros, ningún medio beso robado, habría podido borrar. Me había quitado un peso de la conciencia. Me sentí más ligera. Y pensé que las cosas ligeras tienden a salir volando.

Me reí y miré a mis amigos a los ojos.

—Y ahora, ¿qué me decís de sacarnos de encima a ese fisgón?

Para dar una idea de lo unidos que estábamos otra vez, montamos nuestro plan para desembarazaros de Pavel sin cruzar ni una palabra más. Gestos y miradas fueron más que suficientes. Proseguimos por el sendero hasta que encontramos otro que subía hasta la carretera de la costa, mucho más al este de la Packard Goose Inn, ya fuera del pueblo. Al volver sobre nuestros pasos, Sherlock, con un ademán imperceptible de la cabeza, nos señaló la entrada de un pequeño pub, el Buccaneer's.

Entramos sin darle a Pavel ninguna posibilidad de detenernos.

—¡Eh! —protestó mi guardaespaldas en cuanto nos vio acelerar.

Pero era demasiado tarde para él.

—¡Perdonen! ¡Perdonen! —grité, abriéndome paso entre los no demasiados clientes.

Arsène, a mi espalda, tiró al suelo un montón de cacharros con un movimiento de prestidigitador y gritó:

—¡Oh! Cuánto lo siento... ¡Reclamen a ese joven, estamos con él! —Y señaló a Pavel, que acababa de entrar.

—¡Mis platos! —rugió el encolerizado posadero, que agarró a Pavel por las solapas de la chaqueta.

Me metí por la puerta que me había señalado Sherlock y salí corriendo a una callejuela secundaria. Y, desde allí, nos escondimos detrás de la casa más cercana.

—¡Excelente! —se felicitó Sherlock mientras Arsène nos alcanzaba—. Ahora Pavel no podrá, desde luego, revelarles a todos que es un soldado, porque entonces ¡adiós secreto! Así que pondrá buena cara al mal tiempo y dirá que es un criado al cargo de tres chavales... ¡O algo así!

—Bien, pero podemos contar con un cuarto de hora como mucho antes de que nos encuentre —dijo Arsène, mirando a todas partes—. En este pueblo, esconderse es como pedirle a un elefante que pase desapercibido en el vestíbulo del Louvre. Irene, ¿qué tienes intención de hacer con tu improvisada libertad?

—Comprar caramelos. *Lemon sherbets*, para ser precisa —dije yo.

—¿Y dónde?

Con la excusa de la fiesta del pueblo, que había comenzado con la regata del día anterior, muchos habían abierto pequeñas tiendas familiares, y eran más las puertas abiertas que las cerradas. Las habitaciones de la planta baja habían sido transformadas en improvisadas expendedurías de todo un poco, desde tartas de manzana a anguilas ahumadas.

Nos metimos en una pequeña tienda de aspecto un poco más normal, cuyo letrero pintado a mano ofrecía dulces y *lemon sherbets*. Y, dentro, el aroma no traicionó nuestra confianza. Era una tienda minúscula con estantes llenos de tarros transparentes repletos de caramelos y otras coloridas golosinas, una serie de bandejas de pastas de mantequilla sobre el mostrador, además de ciruelas, cerezas, pasas, crema pastelera y otras delicias.

Solo había una cliente por delante de nosotros, una viejecita que hablaba como a través de una hoja de papel de seda y que observaba las bandejas de dulces de la pequeña pastelería como si fuesen otros tantos tesoros. Su mano pasaba de una a otra, señalaba una pastita en particular, hacía señal de que no y señalaba la de al lado; la otra señora, la que le servía, seguía pacientemente cada indicación. Más que llenar una cajita de pastas, parecía que estuvieran celebrando una especie de ritual.

Arsène dirigió un par de miradas de preocupación por la única ventana, convencido de que nuestro perseguidor nos pillaría al cabo de muy poco. Y había que darle la razón.

Sherlock, en cambio, se sentía totalmente a gusto en la perfumada calma de la pastelería, y parecía que estuviera contando las golosinas de los tarros colocados delante de su nariz. Si tenía un punto débil, había descubierto yo para mi gran sorpresa, era una cierta dependencia de los dulces.

—Quedaos vosotros en la cola para los *sherbets*, ¿os importa? —pregunté.

—¿Y adónde vas tú? —preguntó Arsène.

—He visto una oficina de correos aquí al lado. Voy a comprar postales ilustradas, ¡así de mayor me acordaré de que estuve de verdad en este sitio!

Corrí hasta dos puertas más allá. Entré en la oficina de correos y elegí las primeras postales al alcance de la mano.

—¡Señorita! —exclamó el señor Horak poco después, entrando como un demonio en la oficina.

Tuve tiempo de meterme las monedas del cambio en el bolsillo y agité las postales.

Él tenía la cara roja y estaba furibundo.

—¡Fuera de aquí, ahora mismo!

—¡No me parece ese el tono que emplear con la heredera al trono, señor Horak! —le susurré, saliendo por delante de él.

—¡Entonces procure comportarse de una manera más digna! —rugió él, dando un portazo—. ¡Y también sus compinches! Tirar al suelo los platos de un pub solo por el gusto de escapar para... ¿hacer qué?

Sherlock y Arsène salieron de la pastelería en aquel

momento con una vistosa bolsita de caramelos de limón.

—¿Quiere uno? —le preguntó burlonamente Arsène.

—¡Caramelos y postales ilustradas! —exclamó Pavel—. ¡Son ustedes unos auténticos chiquillos! Este paseo es el primero y el último que darán juntos. En cuanto informe a sir Bewel-Tevens...

—¿Y qué piensa decirle exactamente? —intervino Sherlock, rompiendo un caramelo con los dientes—. ¿Que no ha sido capaz de seguir a tres... chiquillos?

En el camino de vuelta a Farewell's Head nos divertimos tremendamente. Nosotros tres comiendo caramelos e intercambiando las opiniones más disparatadas sobre todo lo que nos pasaba por la cabeza con nuestro vigilante, sombrío como un temporal, a dos pasos por detrás de nosotros.

—Se lo ruego, Pavel, no se lo tome demasiado a pecho —le dije cuando tuvimos la verja a la vista. Y le ofrecí un caramelo—. No tenemos nada contra usted.

Comprendo que cumple órdenes, y lo siento por los platos del pub. Le pediré a Sophie el dinero para devolvérselo y se lo daré esta misma noche. Pero tenía necesidad de reírme un poco, créame. Todos en Farewell's Head tenemos necesidad de reírnos. Y, después de todo, no ha ocurrido nada irreparable, ¿no?

Pavel aceptó el caramelo sin decir ni palabra. Luego le hizo seña al señor Holden de que nos dejara pasar.

A nuestro regreso, tanto sir Robert como Sophie estaban de un humor particularmente bueno. Él porque habíamos vuelto sanos y salvos y ella porque había podido levantarse y dar unos pasos sola, aunque valiéndose de un par de muletas.

—¿Todo bien, Pavel?

—Diría que sí —respondió él con un gruñido, y yo correspondí con una sonrisa de agradecimiento.

—¡Ha sido absolutamente maravilloso! ¡Gracias, sir Robert! —exclamé. Le rodeé el cuello con los brazos y le di un beso en cada mejilla.

El caballero se sonrojó de forma visible y sonrió bastante cortado mientras farfullaba algo incomprensible.

Entre tanto, abracé también a Sophie, que me miró con preocupación y luego, al ver la felicidad de mis ojos, se dejó llevar a un abrazo más convencido.

—Tu madre y yo hemos pensado organizar una cena un poco especial esta noche y a lo mejor, si a ti y a Sophie os apetece interpretar al piano, también... ¿por qué no?, un pequeño baile, al cual todos están invitados, también ustedes, Anita y Pavel. ¿Qué me decís?

—¡Me parece una excelente idea, sir Bewel-Tevens! —respondió Arsène. Y luego le dio un codazo a Sherlock—. ¿Has visto? ¿Qué te decía? ¡Siempre hay que viajar con un traje negro por lo menos!

—¿Un baile? —dije yo riéndome, en cambio, mientras contaba a las damas disponibles, Anita incluida, y no me salían ni tres.

Pero luego sentí la presión de las manos de Sophie en mis brazos y comprendí que se trataba de una idea de nuestro anfitrión para poner un poco de alegría a la monotonía de Farewell's Head.

—¡Es una idea grandiosa, sir Robert! —dije. Luego, pensando en el regalo de mi padre, añadí—: Y creo también tener algo adecuado para lucirlo en tal ocasión.

No obstante, cuando todo estaba ya preparado y después de que Sherlock y Arsène hubieran ido a la Packard Goose Inn y regresado a Farewell's Head transformados en dos jóvenes caballeros, precisamente entonces, en la culminación de un día prácticamente perfecto, en el momento mismo en que les ofrecían a mis amigos una copa de bienvenida, mientras sir Robert Bewel-Tevens se disponía a contarles cómo había ganado las medallas que se había prendido en la pechera de su esmoquin, yo, la princesa María von Hartzenberg, en espera de hacer mi entrada triunfal por la escalinata que bajaba al salón, yo, sola en mi dormitorio del primer piso de aquella solitaria casa en la cima del cabo, chillé, desesperada, con todo el aire de mis pulmones.

Capítulo 12

UN MENSAJE Y UNA CENA

Sherlock y Lupin fueron los primeros en llegar hasta mí.

—¡Mis joyas! —exclamé cuando los vi acudir a mi habitación.

Había resbalado al suelo con mi vestido nuevo y les señalaba el joyero que estaba sobre la cómoda. Estaba abierto y todos los collares que guardaba dentro estaban rotos. Las perlas, amontonadas en los ángulos del cofrecito. Y los hilos de seda y de plata colgaban de los cierres como enredaderas sin vida.

Sherlock se acercó al mueble y luego comprobó la ventana que daba a la parte trasera de la casa. Arsène, por su parte, se arrodilló a mi lado y me preguntó cómo me sentía.

Estaba pálida, temblaba como una hoja. Le señalé las perlas del collar que había intentado ponerme para la cena y que habían rodado por el suelo.

—¡Irene! ¡Irene! ¿Qué está pasando? —oí gritar a Sophie al pie de la escalera.

Después, sir Robert y el señor Bingham se asomaron también al cuarto.

—Está bien —les informó Arsène—. Solo un poco turbada.

—¡Agua! —decidió el mayordomo, que dio media vuelta rápidamente.

Sir Robert dio un paso dentro de la habitación y preguntó qué había sucedido.

—Alguien ha destrozado los collares de Irene —respondió Sherlock, inclinado delante de la ventana.

—¿C-cómo dice? —tartamudeó sir Robert. Luego vio el estrago de mi joyero y se puso blanco—. Tal vez haya sido un accidente al transportar aquí el equipaje. Después de todo, nos vimos obligados a hacerlo todo con mucha prisa.

Le apreté la mano a Arsène. Sherlock, mientras, respondió:

—No lo creo en absoluto. Mire el joyero, sir Robert, está intacto. Si los collares se hubieran dañado con un golpe, como sugiere, entonces no se explica por qué algunos anillos muy frágiles están íntegros aún.

Me levanté, ayudada por Arsène, y me senté en el borde de la cama.

—Entonces, ¿cómo es posible? —preguntó sir Robert con los ojos fuera de las órbitas.

—Es sencillo: alguien ha entrado en la habitación de Irene sabiendo que estaba aquí este joyero y ha roto los hilos de los collares. El enigma, si acaso, es el quién, y el porqué —respondió Sherlock con el ceño fruncido.

—¡Cierto! ¿Por qué razón haría alguien una cosa tan estúpida? —soltó Lupin, que se encogió de hombros.

Luego me preguntó—: ¿Siempre lo has tenido ahí encima? Quiero decir, a la vista.

—Sí —asentí—. No lo he movido nunca de ahí.

—¿Y lo habías abierto alguna vez antes de esta noche? —preguntó Holmes.

Tuve que pensarlo unos instantes antes de responder. El señor Bingham apareció con el agua, seguido de Anita y de Pavel, quien sostenía a Sophie.

—Gracias —le dije, y bebí un sorbo. Luego, volviendo a la pregunta de antes—: Me parece que no...

Al ver el rostro de Sophie, recordé que lo había abierto una vez al menos para guardar los pendientes que me había regalado mi padre. Entonces, me llevé las manos a los lóbulos de las orejas y exclamé:

—¡No, los pendientes de mi padre!

—Están aquí —dijo Sherlock, y levantó sin temor a equivocarse los pendientes con perla; había notado enseguida que se trataba de los objetos más nuevos dentro del joyero, además de los más preciosos.

—Así pues... ¿no han robado nada? —preguntó sir Robert, cada vez más confundido.

—No. Está todo —contesté yo después de otro largo vistazo al cofrecito.

—¿Qué clase de broma absurda es esta, entonces? —se asombró sir Bewel-Tevens.

Sherlock, con rostro grave, meneó la cabeza.

—Quizá no se trate de ninguna broma, sino de un mensaje terriblemente lúcido... En algunas culturas antiguas, se rompían los collares cuando la mujer que los llevaba...

—¡...moría! —dije sobresaltada. Holmes me había contado aquella antigua usanza en una de nuestras interminables conversaciones londinenses en la Shackleton Coffee House.

—¡Oh! —musitó Sophie, palideciendo.

—N-no es posible... —balbució aún sir Robert—. En Farewell's Head solo estamos nosotros, las personas que ves en esta habitación.

Las observé a todas, una tras otra: sir Robert, Sophie, Sherlock y Arsène, los hermanos Horak y el mayordomo Bingham.

—Se olvida del señor Holden —añadí, mirando por

la ventana hacia la casa del guarda, que se encontraba justo enfrente de nosotros.

—¡Holden! Claro, pero... No estarás pensando quizá que... —dijo braceando sir Robert, al que no le entraba en la cabeza lo sucedido.

—Nadie piensa nada en concreto, sir Robert, pero tenemos que hablar de este suceso... ¡Y con la mayor urgencia! —intervino entonces Sophie, dándole a entender que quería continuar en privado aquella conversación.

—Ah, por supuesto, Sophie... ¡Por supuesto! —dijo él, como despertándose de un sueño.

—¿En la biblioteca? —sugirió Sophie.

Los dos adultos de la casa se retiraron para un conciliábulo al que no se nos permitió asistir. Lupin y yo nos quedamos sentados fuera de mi habitación, en un diván del pasillo, adonde solo nos llegaban retazos de la conversación. Anita y Pavel volvieron al piso de abajo para terminar de preparar la cena y Bingham se plantó al pie de la escalera, listo para acudir a la primera llamada del señor de la casa. Sherlock se entretuvo en mi dormitorio, profundamente inmerso en sus razonamientos, y Arsène empezó a andar a lo largo del pasillo mientras trataba de captar alguna palabra a través de la puerta de la biblioteca.

Yo me sentía perdida, y mucho más confundida de lo que estaba dispuesta a admitir. ¿Acaso estaba a punto de ocurrir algo terrible?

—No lo comprendo... —rumié en voz alta al menos un par de veces.

—A mí, en cambio, me parece bastante claro —respondió Sherlock, seco, saliendo de mi cuarto. Levanté los ojos para encontrar los suyos, temiendo quién sabía qué revelación, pero mi amigo se limitó a sentarse a mi lado—. Alguien ha roto esos collares a propósito. Y el único motivo para hacer algo así es el de mandar una señal precisa a los habitantes de esta casa.

—¿Qué clase de señal? —le pregunté con la voz rota.

—Lo sabes perfectamente —contestó Sherlock.

—Sí, que ni siquiera aquí estás segura —añadió Arsène Lupin, frunciendo el ceño.

Mientras esperábamos a que Sophie y sir Robert salieran de la biblioteca, repasamos todo lo que sabíamos. Puesto que Leopold se había marchado el día anterior, yo le había enseñado los pendientes a Sophie, y había abierto el joyero, dos noches antes. Aunque no podía estar segura de que estuviese en orden, me sentí capaz de excluir que los hilos de los collares estuviesen ya rotos.

—Así que sucedió ayer, o bien hoy —recapituló Arsène—. Si ha ocurrido hoy...

—¡La regata! —exclamé—. Ayer se celebró la regata.

—Pero tú no la seguiste... —observó Sherlock.

—No, me ausenté a causa del dolor de cabeza, precisamente para volver a mi habitación.

—Y, por tanto, si estabas en la habitación, o sucedió antes, durante el desayuno, o bien hoy por la tarde, mientras nosotros dábamos nuestro paseo.

—Lo cual descarta, aparte de nosotros, naturalmente, a Pavel —comenté.

—Y el dolor de cabeza ¿te ha vuelto? —quiso saber Sherlock.

—Me está volviendo justo en este momento... —le respondí con un suspiro.

—Es comprensible —comentó Arsène.

—Tu habitación tiene llave —intervino Sherlock, de pie delante de la puerta de mi cuarto—. ¿Acostumbras a cerrarla?

—Casi siempre, sí —contesté.

—¿También cuando dejas el cuarto?

—¿Quieres saber si cierro la puerta y me llevo la llave? No, nunca se me ha ocurrido hacerlo —dije, meneando la cabeza.

—Alguien, sin embargo, lo ha hecho —siguió diciendo Holmes, acuclillándose—. Parte de la pintura que recubre la cerradura por fuera parece haberse desprendido hace poco.

—Por lo que sé, sir Robert acaba de adquirir Farewell's Head. Y se ha trasladado aquí prácticamente con nosotras.

—Puede darse que las habitaciones estuvieran todas cerradas cuando llegaron —dijo Arsène, paseando hacia la biblioteca.

—¿Puedes oírlos? —le pregunté.

Él se pegó a la puerta y luego murmuró:

—Quizá.

Cuando volvió con nosotros, las únicas palabras que había conseguido oír, pronunciadas en voz un poco más alta por Sophie, habían sido: «enemigos» y «posible intrusión».

Era la misma sospecha que mis amigos y yo habíamos tenido desde el principio. Así pues, nos centramos en especular sobre el personal de la casa. Pero no sacamos nada en limpio, puesto que no sabíamos prácticamente nada de aquellas personas. Solo estaban las deducciones de Holmes extraídas de su manera de moverse y comportarse, y el hecho seguro de que se trataba de personas de confianza del duque de Loewendorf. Era él el gran director de toda aquella sinfonía.

—¿Te dijo si volvería, y cuándo? —me preguntó Arsène.

—A mí no, obviamente. Pero es probable que estén hablando precisamente de eso ahí dentro —respondí, señalando la biblioteca con un ademán.

La conversación entre sir Robert y Sophie, entre tanto, continuaba.

—¿Y si entrase con el pretexto de que tengo una necesidad imperiosa de leer un libro? —bromeó Arsène para rebajar la tensión. Su inocente broma me hizo recordar fulgurantemente algo que casi había olvidado.

—¿Os he hablado del poema? —pregunté.

Me miraron asombrados.

—¿Qué poema?

En aquel momento yo estaba más asombrada que ellos. ¿Era posible que no se lo hubiera contado todavía? ¿Qué me estaba pasando? En cualquier otra ocasión habría sido lo primero de lo que hablar, sobre lo que indagar, y en cambio... ¡me había olvidado de contárselo! Los llevé a mi habitación y abrí el cajón de la mesilla.

—Un coro de vendavales entona / por una princesa su triste pena, / y de lágrimas una leve estela / va dejando la lluvia gota a gota. / ¿Por qué —el céfiro decir parece—, / queréis desvaneceros en la muerte? —leyó Holmes.

—Más bien macabra... —comentó Arsène.

—Y ni siquiera la había recordado —dije, más nerviosa de lo debido—. He estado tan confundida estos días que he terminado por creer la versión de Anita.

—¿Qué versión?

—Que esa hoja se hubiera deslizado de alguno de los libros de la biblioteca y que el subrayado fuese una simple coincidencia.

—¡En vista de lo sucedido con los collares, ahora sabemos que no fue así en absoluto! —exclamó Arsène, mientras que Sherlock parecía más meditabundo—. Lo que no acierto a explicarme...

Oímos abrirse la puerta de la biblioteca y nos asomamos para ver. Sir Robert había llamado al mayordomo.

Cuando este llegó, le dio unas rápidas órdenes. Entonces, el señor Bingham se acercó a la habitación y nos hizo seña de seguirlo.

—El señor Bewel-Tevens desea que, de todas formas, empiece la cena —nos comunicó—. Por aquí, por favor.

—¿Y ellos? —le pregunté yo.

—Se unirán a ustedes lo antes posible... —respondió Bingham, y nos condujo a una mesa ricamente puesta, donde nos sentamos en los sitios que nos correspondían.

—Ya verás como también resolvemos este rompecabezas —me tranquilizó Arsène con una sonrisa.

—Las opciones son dos —empezó a razonar Sherlock por su parte—. O hay una manzana podrida entre los hombres de Loewendorf o bien hay que hablar realmente de una intrusión. Pero, considerando cómo es Farewell's Head, eso solo puede significar una cosa...

—¿Que podría haber un pasadizo secreto? —preguntó Arsène, intuyendo adónde iba a parar Sherlock.

—¡Pero no hay ningún pasadizo secreto! —respondí yo, angustiada. Ellos me miraron—. Para combatir el aburrimiento, he recorrido esta casa de cabo a rabo durante semanas, cuando estaba sola —les expliqué—. La he explorado palmo a palmo, del sótano a los desvanes, y si hubiera un pasadizo, con toda la experiencia que he acumulado en nuestras investigaciones... En fin, ¿no creéis que lo habría encontrado?

Traté de sonreír, pero solo me salió una mueca nerviosa.

Sherlock, en todo caso, valoró mis palabras un instante y luego asintió.

—Bueno, entonces podemos centrarnos en la otra opción.

El señor Bingham nos sirvió una sopa de puerros mientras los tres permanecíamos en silencio, reflexionando.

—Por tanto, a menos que no creamos en fantasmas, debe de haber sido... la manzana podrida —dijo al fin Sherlock.

No sé cuál de las dos hipótesis era más fácil de imaginar, pero desde luego el estar sentados tan lejos el uno de la otra a aquella mesa puesta, donde la sopa se estaba enfriando en los platos al faltar aún quienes debían ocupar los sitios en las cabeceras, hacía la hipótesis de los fantasmas todo menos remota.

Cuando por fin se unieron a nosotros, precedidos por el tac tac de las muletas de Sophie sobre el suelo, comprendimos que gran parte de la espera se debía al hecho de que habían pensado y escrito una carta, supongo que dirigida al duque de Loewendorf, que sir Robert depositaría personalmente en la oficina de correos de Oakenholt a la mañana siguiente.

La cena comenzó fría y prosiguió más fría aún, y la hacía más difícil la tentativa de Sophie y sir Robert por hacer como si no hubiera ocurrido nada, como si la idea de que alguien hubiese entrado en mi habitación mientras daba un paseo con mis amigos y me hubiese dejado un enigmático y macabro mensaje fuese, en resumidas cuentas, algo normal.

El segundo mensaje, después de la hoja del libro de poemas con versos marcados en rojo.

—Quiero irme de aquí —dije mientras nos servían el postre.

—Sabes bien que no es posible, Irene... —replicó Sophie—. El duque de...

—¡No me importa nada lo que piense el duque! —exclamé, tan fuerte que todos se sobresaltaron—. ¡El duque no está aquí, pero seguro que sí está alguien que sabe cómo asustarnos! ¿Queréis que lea en voz alta los versos que encontré el otro día en mi cuarto?

—¿De qué versos estás hablando, Irene?

—¡De esos con los que vuestro invisible enemigo me hace comprender que ESTOY MUERTA! —chillé—.

¡Yo no quiero quedarme en esta casa ni un día más! ¡Y no volveré a dormir en esa habitación!

Me levanté de la mesa y salí corriendo del comedor como si me persiguiera una jauría de perros.

Esa vez fue sir Robert el primero en alcanzarme.

—Irene, estoy consternado por lo sucedido —me dijo, parado a la puerta del saloncito en el que me había refugiado.

—Yo también lo siento, sir Robert... —sollocé sin volverme a mirarlo—. He... he arruinado su velada con baile, creo.

—No importa —respondió él—. Solo he venido a decirte que entiendo perfectamente que ya no te sientas a gusto en esa habitación. Tienes razón. Trasládate a la que quieras.

—¿Han cambiado ya las sábanas del dormitorio de mi padre?

—No creo —respondió él—, pero puedo pedirle a Anita...

—Entonces no lo haga, por favor —añadí—. Esa va bien.

Era la habitación que daba al este y desde la que no estaba obligada a ver, cada vez que me levantaba, ni la verja ni la casa del señor Holden. Y donde quizá hubiera quedado algún rastro de Leopold y de su colonia, algo de mi vieja vida, pensé también, tal vez tontamente.

—Como desees —dijo sir Robert.

Oí que se alejaba, dejando el puesto para otro visitante. Mirando afuera, sonreí; se adelantaban de uno en uno, como si tuvieran miedo de encararme todos a la vez. Y todos con el mismo rostro entristecido, sorprendido, preocupado, incapaces de hacer lo que para mí contaba de verdad: sacarme de allí.

—¿Irene?

Por lo que parecía, era el turno de Arsène.

—Pasa —le dije, dejando de mirar la nada por la ventana. Suspiré—. Todo va bien.

—No, no va todo bien —replicó él.

—Ah, ¿no? ¿Ves algo raro? —repuse, burlona—. ¿Acaso no estamos en Londres? ¿No es esta mi casa? ¿Ni la tuya, ni la de Sherlock? Entonces... ¿qué es exactamente lo que no va? ¿Quizá la idea de que ya no pueda ni asomar fuera la nariz porque hay algún sicario pagado para matarme? ¿O que, en todo caso, lo hará cuando yo entre en mi cuarto esta noche?

—Le hemos pedido a sir Robert que nos deje pasar esta noche en Farewell's Head —dijo Arsène.

—¿Y que ha dicho?

—Nos lo permite —terminó Arsène. Me miró a la cara y lo que vio no pareció alegrarlo. Añadió—: No da la impresión de que te complazca.

—¡Oh! —exclamé, exasperada—. ¿Tú también empiezas a hacerme saber qué te parece lo que yo esté pensando y a preocuparte por mí?

—Siempre me he preocupado por ti —respondió Arsène. Y parecía sincero. Sincero e ingenuo, como todos los descarados. Pero ¿cómo podía fiarme de él? ¿Y cómo podía seguir arrastrándolo al desastre en que se estaba convirtiendo mi vida?

Él callaba al otro extremo del sofá.

—Lo sé y te lo agradezco —dije, rompiendo el largo silencio—. El hecho de que las cosas estén cambiando irreparablemente y tan deprisa...

—No es fácil, lo comprendo —asintió él.

—Pronto me veré forzada a vivir otra vida y eso me aterroriza, Arsène.

—¡Aterrorizaría a cualquiera! Pero tú no estás sola... —exclamó él.

—¿Ah, no?

—No —contestó Arsène—. Nos tienes a nosotros, siempre contigo. Y te lleve adonde te lleve tu nueva vida, Sherlock y yo iremos a verte... ¡aunque seas la reina de Bohemia! —dijo, intentando reírse.

—¡Oh, Arsène! —exclamé, comprendiendo que también aquella media carcajada era un intento de calmarme y de hacerme sentir protegida. Y era bonito, porque sabía que ellos me protegerían a toda costa. Lo nuevo, sin embargo, era que en aquel momento era yo la que debía proteger a mis amigos. Porque solo el estar cerca de mí se había vuelto sinónimo de peligro.

Lupin tendió los brazos y yo me dejé estrechar. Me apreté contra él y rompí a llorar a lágrima viva, porque había demasiadas cosas dentro de mí que pugnaban por salir. Sentí su mano acariciándome el pelo.

—Venga... —decía Arsène—. Estamos aquí contigo... todo irá bien, ya verás.

Sabía que quizá estuviera ilusionándome, pero en aquel momento, entre sus brazos, lo único que deseé fue poder creerle.

Capítulo 13

UN ENCUENTRO Y UNA SOSPECHA

Aquella noche pasé mucho tiempo en la ventana, contemplando la luz de las estrellas y la de los fanales de los pesqueros en la planicie de oscuridad que era el mar. Escuchaba cada ruido de la casa y me sobresaltaba todas las veces. Al final me dormí en la butaca, en la que me desperté con los huesos molidos.

Debía de haber amanecido hacía poco cuando traté

de ponerme en pie. La casa estaba sumida en un silencio irreal.

Me puse una bata gruesa y salí de la habitación de mi padre, en la que ni siquiera había tocado la cama. Las demás habitaciones estaban cerradas, y un débil ronquido salía de la de Sophie.

Bajé la escalera y, cuando me acerqué a la puerta del sótano, vi que alguien la había dejado entornada.

Con la respiración entrecortada por el miedo, la empujé cautamente y me dejé envolver por el acostumbrado manto de tinieblas del sótano. Me pareció oír un lejano golpeteo, pero podían ser simplemente los latidos de mi corazón retumbándome en los oídos. Bajé un peldaño y luego otro. Muy pronto salí de la claridad que entraba por la puerta y proseguí en la más completa oscuridad, con los sentidos más alerta que nunca. Me detuve solo cuando estuve completamente segura de que no me encontraba sola allí abajo. Y entonces pregunté en voz baja:

—¿Sherlock?

Las tinieblas se movieron delante de mí, el perfil de mi amigo rozó el mío y acabamos en los escalones.

—¿Qué haces aquí? —le pregunté, sorprendida, recobrando el aliento.

—¿Y tú? —respondió él con brusquedad.

—No podía dormir.

—Entonces ya somos dos.

—Pero ¿cómo has terminado aquí abajo?

—Echaba una ojeada por la casa... Lo que está sucediendo aquí es extraño, o mejor dicho, absurdo, Irene. Esperaba encontrar... algo. Algo que pudiera dar sentido a los acontecimientos de estos días —contestó él.

—¿Y has tenido suerte?

—Por desgracia, no —dijo.

Suspiré.

—De todas formas... tal vez no sea prudente vagar así por la noche. Todos están con los nervios de punta después del incidente de los collares —reflexioné.

—Y la famosa «manzana podrida» más que nadie, si de verdad existe —observó él.

—Ya... Si existe.

Yo no conseguía creerlo realmente. Los hermanos Horak, el señor Holden y el mayordomo Bingham me parecían todos tan sólidos en su fidelidad a Bewel-Tevens y el duque de Loewendorf que la sola idea de que uno de ellos fuese un diabólico espía a sueldo de los Von Ormstein resultaba a mis ojos una auténtica tontería.

Iba a subir la escalera cuando oí de nuevo la voz de Sherlock en la oscuridad.

—Hay otra cosa que no entiendo.

—¿El qué?

—El juramento... ¿Por qué has querido que lo repitiéramos?

Desencajé los ojos en la oscuridad.

—Yo... Ha sido simplemente porque...

—Porque todo está a punto de cambiar, ¿no es cierto? Nuestro juramento está a punto de romperse...

Balbucí sílabas inconexas.

No lo comprendía. Y aquellas palabras se clavaban en mi pecho como un puñal.

—No tienes que decir más... Lo que sientes por Arsène... está bastante claro.

El estupor más puro entreabrió lentamente mis labios. ¿Era aquello, pues, de lo que hablaba Holmes?

Entonces lo comprendí por fin, aunque no acerté a encontrar algo que decir. Fueran cuales fuesen las palabras que Holmes esperaba de mí, allí abajo, en el sótano oscuro de Farewell's Head, yo no las pronuncié. Me quedé en silencio, en cambio, mirando un punto en la oscuridad a su espalda.

Hasta que él se fue sin añadir más.

—Veamos, ¿alguno de vosotros quiere decirme qué ha pasado? —soltó en determinado momento Arsène, más tarde, por la mañana.

Habíamos abandonado el sofocante ambiente de Farewell's Head para dar una vuelta por el jardín aún por arreglar. Pavel había dejado un par de azadas y una carretilla cargada de tierra al final de un caminito. Todos lo habíamos oído imprecar el día anterior por lo lejos que estaba del jardín el cobertizo de las herramientas, que se encontraba en las inmediaciones de la casa del guarda. Caminábamos uno detrás de otro, seguidos de cerca por los perros. Sherlock con las manos cruzadas a la espalda, Arsène en medio y yo la última. Ambos vestían aún los trajes elegantes de la noche anterior. Y cuando el terreno nos obligaba a deshacer el orden, Sherlock y yo intercambiábamos nuestras posiciones sin decir palabra.

—¿Y bien? —insistió Arsène.

—¿Y bien qué?

—Nada...

Fueron las respuestas de Sherlock y mía.

—¡Eh, eh, eh! ¡A mí no me la dais!

Arsène puso los brazos en jarras y se plantó delante de nosotros, obligándonos a detenernos.

—¡Oigamos!

—No ha sucedido nada, Arsène —repuso Sherlock.

—Y entonces, ¿por qué tenéis esa cara de funeral?

—No sé él, pero yo, para variar, no he dormido —me justifiqué.

—Ja. Demasiado fácil. Hemos pasado otras noches insomnes y al día siguiente, no estabas tan callada.

No había nada que hacer, nos conocíamos demasiado bien los tres.

—De acuerdo... —suspiré entonces—. Da igual decírtelo.

—¡Por fin!

—Sherlock Holmes está celoso.

Al oír su nombre, mi amigo se envaró de golpe y luego se alejó con una mueca de disgusto.

—¿Celoso? —se extrañó Arsène—. ¿Y de quién?

—De ti.

Arsène casi se echó a reír.

—¿Estás celoso de mí? —le preguntó, persiguiéndolo—. ¿Y cómo es que estás celoso de mí?

Holmes solo contestó con un nervioso gesto de los brazos, como si estuviera espantando un moscón. Después aceleró el paso con expresión torva.

Arsène se quedó allí con un palmo de narices.

—Pero ¿qué le ha entrado? —me preguntó.

—¡Oh, Arsène, vamos! ¿Cuánto tiempo estás dispuesto a disimular?

—¿Disimular el qué?

—Arsène, santo cielo... ¡no es tan difícil! Sherlock se ha dado cuenta, ¡sabe que me has besado!

—¿Se lo has dicho?

—¡Claro que no se lo he dicho!

—¿Y entonces?

—Y entonces... ¡lo ha adivinado! Adivinarlo todo es su especialidad, ¿no te has dado cuenta?

—Lo sé perfectamente, pero... —rebatió Arsène, hecho un lío, reanudando la persecución—. ¡No pensaba que pudiera tener tanta importancia!

—¿Está insinuando que carezco de importancia, monsieur Arsène Lupin? —lo zaherí.

—¡No! Lo que quería decir es que... ¡Ah, pero qué carácter tenéis los dos! —dijo él—. Si no estuviese seguro de que es imposible, diría que os estáis comportando como una pareja de noviecitos enfadados.

—¿Y por qué tendría que ser imposible?

—Claro. Qué estúpido. ¡Os hicisteis novios en secreto en Oakenholt intercambiando caramelos de limón!

Doblamos la esquina de la casa y, al hacerlo, casi nos dimos de bruces con Sherlock, agazapado en la sombra.

—¡Sssh! —siseó él, invitándonos a callarnos con un ademán perentorio.

La vieja costumbre de actuar en equipo, sin hablar, hizo el resto. Nos apretamos los unos contra los otros en perfecto silencio, roto solamente por el chapoteo de las olas en los escollos y por una voz que salía de una ventana entreabierta de la planta baja de Farewell's Head.

Eran Anita y Pavel Horak.

—Haz lo que te digo... —le estaba diciendo él a su hermana—. No conviene informar a sir Robert.

—Y yo digo que es un error —rebatió ella.

—Él no razona así. Hazme caso, es mejor ocultárselo.

—Sería mejor que tú no lo hubieras hecho.

—¿Yo? ¿De verdad piensas que es culpa mía?

—¿Y de quién, si no? ¿Mía?

—Podemos hablarlo. Y a lo mejor lo hablaremos una vez que haya terminado todo este asunto.

—Pues ahí te equivocas, no lo hablaremos en absoluto. Decidimos qué hacer, lo hicimos y así se queda, entre tú y yo.

La ventana por la que salían sus voces, seguros de que nadie los estuviese escuchando, fue cerrada bruscamente y los tres retrocedimos con rapidez.

—Interesante, ¿no es cierto? —nos preguntó Sherlock.

—¿De qué hablaban, según vosotros? —preguntó Arsène.

—No lo sé —reconoció Sherlock—. Pero puede que acabemos de dar con nuestras famosas manzanas podridas... En todo caso, será mejor hacer alguna comprobación de la lealtad del personal al servicio del duque de Loewendorf.

Nos miramos.

Y fue como si besos, incomprensiones, celos y riñas jamás hubieran existido.

Capítulo 14

DOS HABITACIONES Y UNA ACLARACIÓN

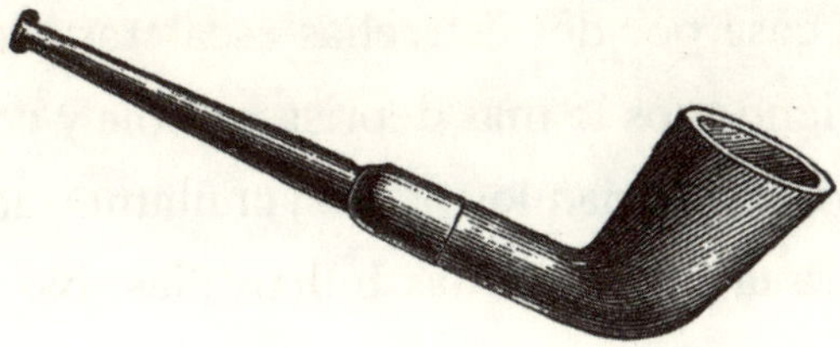

Más tarde, Pavel acompañó a sir Robert a la oficina de correos y nosotros fuimos a hablar con Anita para tratar de sonsacarla con alguna astuta pregunta-trampa, pero fue como intentar conversar con una momia. A cambio, alrededor de las once, cuando Pavel y sir Robert aún no habían regresado, la criada volvió rápidamente a la cocina para preparar la comida. Y Arsène nos dijo:

—Vamos.

Como en todas las casas nobiliarias, también en Farewell's Head los cuartos de la servidumbre estaban en el último piso, justo bajo el tejado, y comunicaban con el resto de la casa por dos estrechas escaleras independientes. Moviéndonos lo más deprisa posible y confiando en que nos advertirían los perros, enfilamos aquellas escaleras hasta la puerta de las buhardillas. No estaba cerrada y daba a un largo corredor al que se abrían cinco puertas. Una segunda rampa de peldaños, al final del pasillo, bajaba al piso inferior. Sherlock nos susurró que la primera habitación era la del mayordomo. Un par de zapatos junto a la puerta le había bastado para llegar a esa conclusión. Las dos últimas habitaciones, más allá de las cuales arrancaba la otra escalera, estaban vacías y eran poco más grandes que los cuartos de las escobas. Quedaban las dos habitaciones del medio, que, naturalmente, estaban cerradas con llave.

—Bien —dijo Arsène, desentumeciéndose los dedos—. ¡Vosotros vigilad en las escaleras mientras yo pruebo a abrirlas!

Sherlock y yo asentimos sin chistar.

Desde mi posición en lo alto de la escalera podía oír, lejanos, los ruidos de las ollas sobre la cocina de leña y poco más. Vi inclinarse a Arsène delante de la primera cerradura de las habitaciones y empezar a trajinar con un conjunto de pequeñas ganzúas que, evidentemente, siempre llevaba consigo. Bajé unos peldaños para vigilar mejor y pronto acabé en el piso de nuestros dormitorios. El mío (el que había ocupado mi padre) era el más cercano.

—¿Irene? —me llamó una voz desde arriba.

Asomé de nuevo por la escalera de servicio y miré arriba.

—¿Lo habéis logrado?

Las habitaciones de los dos hermanos eran muy pequeñas y casi sin muebles, y me sentí incómoda al entrar. La comparación entre sus cuartos y los nuestros era despiadada: Anita y Pavel dormían sobre un simple jergón que recibía la luz de un minúsculo tragaluz. Tenían un armario vacío a excepción de un vestido y un traje para cambiarse colgados de una percha y ya perfectamente planchados, en los que Arsène hurgó con manos agilísimas, sin encontrar nada en los bolsillos del primero y un caramelo de limón en los del segundo. Había también un espejo pequeño colocado en la repisa de las chimeneas adosadas a la pared entre los dos cuartos. Las chimeneas llevaban tiempo apagadas y ni en las cenizas ni en los tiros encontramos nada interesante. Delante del espejo de la habitación de Anita había un cepillo, un frasquito de loción para el pelo y una pastilla de jabón. En la habitación de su hermano había un mechero, una petaca de tabaco y una vieja pipa. En un cajoncito encontramos los documentos de ambos y así descubrimos que eran de verdad quienes decían ser. Anita tenía veintiocho años y su hermano cuatro más. Habían nacido en Pribram, en Bohemia, y en sus documentos de viaje no había ningún sello de entrada en Inglaterra, razón por la cual supusimos que debían de haber sido introducidos ilegalmente por el duque de Loewendorf.

Holmes observó que aquello tenía una consecuencia obvia: sin ayuda del duque, su posibilidad de desplazarse era decididamente limitada. Pavel había escondido bajo una tabla del suelo un saquito de monedas, que contenía, de todos modos, una cifra muy modesta. En el cuarto de Anita encontramos la maleta con el equipaje de ambos, algunas mudas, un libro de lectura y un cuaderno con algunas hojas arrancadas que, sin embargo, mirado a contraluz no parecía conservar señales de anotaciones precedentes. En conjunto, nada, absolutamente nada, que pudiese ser significativo de algún modo. Procuramos dejar todo tal como lo habíamos encontrado y volvimos rápidamente sobre nuestros pasos. Sherlock cerró la habitación de Pavel y yo me demoré un instante más en la de Anita para echar un vistazo al libro.

Acabábamos de poner el pie en la escalera cuando oímos ladrar a los perros.

El resto del día transcurrió sin hechos relevantes en nuestra investigación. Después de la comida me volvió un fuerte dolor de cabeza y dormí un par de horas; por la tarde encontré a todos en el salón, leyendo. Sherlock y Arsène habían pasado rápidamente por su posada para cambiarse y ahora parecían de excelente humor. Pero también se movían de una manera bastante rígida y Arsène tenía una marca oscura e hinchada justo debajo del ojo. Yo no quise saber nada.

Por la noche, cuando subí a mi nueva habitación, oí unos pasos que me seguían y, cuando me volví, me encontré otra vez cara a cara con Sherlock.

—¿Irene? —dijo.

—¿Qué sucede? —le pregunté.

—Solo quería decirte que siento lo de anoche. Tendría que haberme callado —respondió él como le salió.

—No tiene importancia —repliqué con un suspiro.

Holmes asintió, cortado.

—He hablado con Arsène...

—Bien.

—Me temo... me temo que me dejé llevar tontamente por mi imaginación. Fue un error.

Sonreí. Una conclusión errada, he ahí el tipo de cosas de las que Sherlock se sentía en el deber de disculparse. ¡Aquel sí que era mi formidable, mi imposible amigo Holmes!

Puse fugazmente mi brazo sobre el suyo y volví a sonreírle, como diciéndole que podíamos dejar atrás todas aquellas pequeñas bobadas. Hice ademán de despedirme y de empujar la puerta de mi habitación.

Sherlock carraspeó.

—Y si te apetece una de nuestras conversaciones nocturnas a tres, Arsène y yo incluso hemos cogido una botella de sidra de la cocina...

—¡Oh! —susurré, triste—. Sería estupendo, pero necesito estar sola un poco. Es que...

—Necesitas dormir, Irene, desde luego. Charlaremos en otro momento... Buenas noches.

—Buenas noches, Sherlock —le dije en voz baja.

Empujé la puerta de mi habitación, la cerré tras de mí y, cuando oí alejarse sus pasos, me dejé resbalar al suelo, llorando bajito para que no pudiera oírme.

Capítulo 15

UNA TARTA Y UN GRITO

Al día siguiente nos despertó a todos un intenso aroma a vainilla.

Y, cuando bajamos, ¡sorpresa! Sophie, a pesar de las muletas, había cocinado una de sus esponjosas y sabrosas tartas.

—¡Es para ti, Irene! —exclamó, y durante un buen rato dudé si me habría olvidado de mi cumpleaños. Pero no era mi cumpleaños, solo un gesto amable con el que Sophie trataba de hacerme más dulce aquella estancia tan parecida a un encarcelamiento.

—¡Qué maravilla! —exclamó Arsène nada más ver la tarta sobre la mesa.

—¡Una delicia, señora Von Klemnitz, una delicia! —fue el comentario de Sherlock al primer bocado.

Sir Robert, satisfecho, estaba sentado a la cabecera de la mesa y, por alguna razón, parecía convencido de que pudieran interesarnos los detalles de cómo había tenido que arreglárselas, la mañana anterior en Oakenholt, para encontrar todos los ingredientes necesarios para la tarta.

—¡Sophie nos dio una lista que llegaba al suelo! —se rio con la boca llena.

Tres pedazos terminaron también sobre la mesa del personal de servicio y, durante buena parte del día, todos parecimos olvidar las preocupaciones.

Lo que entonces no sabía es que tanto sir Robert como Sophie habían querido preparar la tarta para aplacar su sentimiento de culpa por lo que se habían dicho dos días antes, cuando se habían encerrado en la biblioteca y habían escrito al duque. Pude intuir, por las palabras al respecto que se le escaparon a Sophie aquella mañana, que sir Robert había barajado la posibilidad de que hubiese sido yo misma quien había marcado en rojo los versos del poema que había encontrado sobre mi cama y que también, en un momento de rabia, hubiese roto mis collares, solo que luego me había arrepentido y asustado por lo que había hecho.

«¡¿Y por qué iba a hacer una cosa así?!», habría estallado yo, ciertamente, si hubiese estado presente cuando sir Robert exponía sus sospechas. Probablemente Sophie había hecho esa pregunta en mi lugar, y él le había contestado que yo no tenía ninguna intención de convertirme en la nueva reina de Bohemia y que, con aquella simulación, a lo mejor esperaba pasar por loca, o lograr arruinar los planes que los fieles a los Von Hartzenberg tenían para nosotras. Planes que, en buena parte, nosotras ignorábamos.

Así que, después de la comida, cuando sir Robert me preguntó si podía quedarme un momento a hablar en privado con él y con Sophie, yo estaba preparada en cierto modo para lo que iba oír. Nos acomodamos fuera, en un rodal de sol, en la parte más resguardada del jardín. Lo cual no significaba que no hubiera viento. El cabello rubio claro de Sophie estaba despeinado por los soplos de brisa y yo me había puesto un sombrerito azul, cuyas flores de seda ondeaban al aire templado.

—Siéntate, Irene, ponte cómoda —me dijo sir Robert, señalándome una de las *dormeuses* libres. Pero a mí me pareció una invitación a hacer exactamente lo contrario. Me quedé de pie en la esquina de la casa.

—¿No os parece también que hoy hace un calor insólito? —intervino Sophie con los ojos cerrados.

«¡Oh, os lo suplico! ¡No hagáis el usual preámbulo con el tiempo antes de ir al grano!», pensé.

—¡Deberías decirle a Anita que abra todas las ventanas, Robert! —siguió diciendo Sophie—. ¡Para que circule por la casa un poco de este buen aire templado!

—Querían hablarme en privado, aquí estoy —dije para poner fin a los convencionalismos.

—Sí, es verdad —respondió sir Robert, un poco azorado—. Sophie y yo sabemos bien cómo te sientes y por lo que estás pasando, Irene, y no te reprochamos ciertas intemperancias tuyas...

¿Intemperancias? ¿Era así como se llamaban? Me mordí la lengua para imponerme no dar rienda libre a mis pensamientos y me sujeté el sombrero sobre la cabeza.

Sir Robert continuó:

—Pero sostengo que, en razón de tu linaje, es necesario que aprendas a adoptar el comportamiento que se espera de... —Sir Robert hizo un gesto vago con las manos para no tener que pronunciar las palabras princesa o reina, recordando quizá la manera en que yo solía recibirlas—. La verdad, Irene, es que tu origen no te deja más alternativa que mostrarte como una heredera digna de tu padre, sean cuales sean las condiciones en que estés obligada a vivir. En este aislamiento, o en la próxima casa a la que seas trasladada, según lo que el duque nos aconseje hacer...

—El duque, por supuesto... Nuestro amado titiritero —comenté con una gran sonrisa.

Sir Robert fingió que no oía y siguió con su sermón:

—Deberás mantener esa dignidad y ese modo de ser, frente a los demás, que te harán capaz de sucederle en el trono cuando las condiciones sean propicias. La historia de las personas se guía exclusivamente por dos factores: la voluntad de Dios y el respeto con que se aceptan la propia sangre y el propio origen.

—Son palabras realmente hermosas, sir Robert —dije yo—. Pero me gustaría creer que existe algo más aparte de Dios y la sangre.

Vi fruncirse su frente.

—Me refiero al libre albedrío de las personas para decidir y para buscar su lugar en el mundo —añadí—. Y el mío, sir Robert, tómelo también como una intemperancia, no está aquí desde luego...

Uno de los postigos de la casa, cerca de nosotros, batió contra la pared empujado por un golpe de viento que a mí me arrebató el sombrero y lo hizo volar lejos. Aproveché para volver sobre mis pasos en busca de mis amigos. Habían tomado un caminito del lado opuesto del jardín, donde Pavel intentaba trabajosamente darle un aspecto decoroso.

—¡Irene! —me llamó el dueño de la casa.

—¡Venga por aquí, sir Robert! —le dije sin detenerme—. ¡Venga a hacerles sus bonitos discursos a mis amigos también!

Recorrí toda la acera que circundaba la casa, furibunda, y percibí como una oleada la furia que provenía del hombre que había obligado a seguirme.

Me agarró por un hombro e hizo que me girara. Tenía la cara llameante.

—¡Hazme sentir orgulloso de poder llamarte alteza! —soltó.

Casi me eché a reír en su cara.

—Usted no ha tenido hijos, ¿verdad? —repliqué para defenderme y apartarlo de mí.

Su bofetada fue tan inesperada que no hice nada para evitarla. Sentí que la mejilla me ardía y oí exclamar a sir Robert:

—¡Qué sabrás tú!

Y, por el rencor que emanaba aquella simple frase, comprendí que me había equivocado en mi valoración de su pasado y de su actual condición de hombre solitario.

—Lo siento —dije entonces—. No quería...

Él se agarró la mano con que me había abofeteado y quiso esconderla con la otra. Su autoridad se transformó en aflicción. Su atormentado rostro se volvió hacia otra parte, como ocultándose a mi vista.

No dijo nada.

No añadió ni una palabra.

Uno de los perros ladró.

Y luego oímos alzarse un grito de las sillas de mimbre del jardín.

Era la voz de Sophie.

Capítulo 16

UN CUCHILLO Y UN PIANO

Había un cuchillo clavado en el postigo de la ventana.

Sophie estaba tendida en su *dormeuse* con la cabeza entre las manos. El señor Bingham se había arrodillado junto a ella y le daba aire con un pañuelo.

—¿Qué ha sucedido? —gritó sir Robert. Y luego, cuando se dio cuenta, palideció.

—Me he inclinado para coger el sombrero de Irene —respondió Sophie, temblando—. Me lo he puesto para que no saliera volando y en ese momento... —Señaló el cuchillo y sollozó—. ¡Ha sido horrible!

—¡Te han tomado por mí! —exclamé, llevándome las manos a la cara.

Sir Robert se retorció los brazos, incapaz de moverse. Sherlock se acercó a la contraventana para examinar el cuchillo y Arsène, por su parte, bajó por las rocas para ver si todavía había alguien. Gritó:

— ¡Llame a los perros, sir Robert!

Este se despabiló por fin.

—Los perros, claro... ¡Y Bingham! ¡Anita! ¿Dónde estás? ¡Anita! ¡Pavel! ¡Pavel! —berreó sir Robert, increíblemente agitado. Y, en cuanto apareció Pavel, jadeante, le gritó—: ¡Hay un intruso en la finca! ¡Rápido!

Sherlock tocó un par de veces el cuchillo, le echó una segunda ojeada rápida y luego se alejó para entrar en la casa.

—¿Has visto, Robert? —suspiró Sophie cuando nuestro anfitrión se acercó a ella para reconfortarla.

—Dios mío, ¿cómo he podido...?

—Mi hija no se ha inventado absolutamente nada.

—Me equivocaba, Sophie. Estoy desolado —se lamentó sir Robert—. ¡Farewell's Head ya no es un lugar seguro!

Me aparté de ellos y fui hasta Sherlock.

—¡No había nadie en el acantilado! —exclamó Arsène en cuanto me alcanzó tras su inspección. Entramos en la casa.

—Sea quien sea quien haya lanzado el cuchillo, ¡ha sido condenadamente bueno!

—O sabe algo que nosotros no sabemos —añadió Sherlock, que apareció delante de nosotros en el pasillo de la cocina.

—¿Qué has descubierto?

—Algo obvio, creo —contestó él—. Es decir, que es uno de los cuchillos de la cocina. Vi uno idéntico ayer por la noche, cuando vinimos en busca de alguna bebida.

—Pero ¿qué significa? —pregunté, trastornada.

—¡Sencillamente, que quien lo ha arrojado lo ha cogido de ahí!

—No creo que lo hayan arrojado. Hay algo que no cuadra —dijo Arsène—. Tengo cierta experiencia con los lanzadores de cuchillos... Ya sabéis que mi padre me crio en un circo ambulante.

—¿Y qué es lo que no cuadra? —le pregunté.

—Sophie no ha visto a nadie. Pero, para tirar el cuchillo desde un lugar oculto respecto a las sillas, el lanzador tendría que haberse apostado a veinte metros por lo menos de ella. Con el viento que hacía... ¡Un lanzamiento digno de un gran maestro oriental, incluso fallando por poco!

—Pero ¡el cuchillo está ahí! —rebatí yo.

—¡Una vez más, todo es terriblemente raro! —tronó Sherlock.

—Y después, ¿qué ha sido del lanzador misterioso? ¿Se ha desvanecido en una nube de humo? —apoyó sus palabras Arsène.

—Quizá no sea tan misterioso en absoluto... —murmuró Sherlock, bajando la voz—. Y la teoría de la manzana podrida se vuelve cada vez más plausible. Lo que hemos oído decir a los hermanos Horak hace de ellos

los primeros sospechosos, pero creo que debemos guardar la mayor reserva y no fiarnos de nadie. Aparte de nosotros tres.

—¿Habéis visto a Anita? —pregunté.

—No —me contestaron los dos.

—¿Y a Pavel? —pregunté también.

Intenté recordar.

Bingham había llegado el primero, mientras que Pavel había salido de detrás de la casa, jadeante, cuando sir Robert lo había llamado, pero ¿de dónde venía?

—No estaba en el jardín —respondió Sherlock.

—¿Y ese misterioso señor Holden que vive en la casa del guarda? —preguntó Arsène.

—Los miembros del personal no son los únicos de los que debemos sospechar —consideró Sherlock—. Además de los dos Horak y el señor Bingham, aquí hay al menos otra persona de la que sabemos poco o nada.

—¿Te refieres a... sir Robert?

Recordé la bofetada, la rabia que se había apoderado de él cuando le había hablado de hijos, y de cómo se había avergonzado después. Lo conté y Arsène murmuró:

—¡Tal vez convenga intentar saber más de él!

La mirada que cruzamos nos dio a entender que todos estábamos de acuerdo.

—Aquel debe de ser el señor Holden —observó Arsène cuando salimos de la casa poco después, señalando al hombre fornido, de poblados bigotes rubios, que escuchaba a sir Robert con los brazos cruzados. Cuando el dueño de la casa terminó de hablar, Holden se volvió hacia Pavel antes de responder.

—Se lo advertimos —dijo con su fuerte acento—. Demasiados visitantes. ¡Demasiadas cosas que tener bajo control!

—¡Por el amor del cielo, Holden! —soltó sir Robert—. Los únicos visitantes que hemos tenido son los amigos de Irene... ¡Dos muchachos!

En ese instante, el guarda lanzó una mirada belicosa a Sherlock y Arsène, que por toda respuesta bajaron los ojos.

—Y el duque, y el señor Adler —añadió Holden.

—¡Es el padre de Irene! —exclamó de nuevo sir Robert.

—No me consta —dijo Holden con una frialdad glacial—. En todo caso, sir Robert, no sé bien qué decirle del incidente del cuchillo, salvo que es necesario cerrar filas. Nadie debe moverse de aquí hasta nueva orden.

—¿Acaso me está dando órdenes, Holden? —le preguntó sir Robert, ligeramente airado.

—No, señor. Solo le estoy diciendo lo que creo que es mejor hacer mientras advertimos al duque de lo ocurrido —puntualizó Holden, encogiéndose de hombros—. Y de todas formas, por si le interesa, han ocurrido dos cosas que me inducen a pensar que hay algo que no marcha en este lugar.

—¿Y cuáles son?

Holden nos miró para dar a entender que no le parecía oportuno hablar delante de mí y de los chicos. Ni de una Sophie todavía conmocionada, de la que todo el mundo parecía haberse olvidado. Así que, disimuladamente, me acerqué a ella, le tendí una muleta y me ofrecí a acompañarla a casa.

—¡Hable, Holden! —acució sir Robert al guarda mientras tanto—. ¿A qué cosas se refería?

—A luces, en primer lugar —dijo él.

Sir Robert lo miró como habría mirado a un cazador de cabezas de Borneo.

—¿Qué luces?

—En las últimas noches, he visto extrañas luces en el bosque, al este de la casa —prosiguió Holden—. He ido a comprobar y no he encontrado nada sospechoso, así que he pensado en el farol de un cazador, por aquí merodean muchos. Pero ahora...

—¡Pero ahora está claro que no es ningún condenado cazador! —exclamé, exasperada, mientras me llevaba a Sophie—. Sino un sicario enviado de nuevo por esos malditos Von Ormstein... Siempre la misma historia. ¡Dondequiera que me esconda, al final me encuentran!

—Si fuese así, señorita, ¡estoy preparado para hacerles probar el plomo de mi fusil! De todos modos, han dejado huellas —prosiguió Holden.

—¿Han?

—Hay dos por lo menos ahí fuera —gruñó el guarda, cruzando una mirada con Pavel—. Y no me sorprendería que tuvieran a un tercer hombre... aquí.

—Pero ¡eso es absurdo! —se asombró sir Robert—. ¡No tiene absolutamente ningún sentido! ¡Quiero hablar con todos, y ahora mismo! Pavel, ¿dónde está su hermana?

—No lo sé, señor —contestó él—. Tendría que estar ya aquí.

—¡Vaya a buscarla! ¡Y luego vengan todos al salón! —ordenó sir Robert.

—¿Habéis oído lo que ha dicho el guarda? —les murmuré preocupada a Sherlock y Arsène—. ¡Dos personas!

—Por no hablar de un cómplice precisamente entre nosotros —añadió Arsène—. Tenemos que permanecer cerca y movernos siempre juntos.

—Somos pocos —murmuró Sherlock, meneando la cabeza—. Y esto es extraño. Si de verdad son tres y uno de ellos incluso está aquí dentro, en la casa... ¿de qué tienen miedo? ¿De Holden?

—Es un tipo bastante espantoso, de hecho —intervine, pensando en el modo en que había aludido a mi padre.

—Pero es una persona sola.

—Te olvidas del señor Bingham, y luego están Pavel y Anita —dijo Arsène.

—Es decir, nuestros dos principales sospechosos —apostilló Sherlock.

Me volvió inmediatamente a la cabeza la conversación que habíamos espiado el día anterior.

—Sabemos que los dos hermanos tienen un secreto del que no han hablado con sir Robert, los escuchamos con nuestros propios oídos —les recordé.

—¿Podrían tener que ver con esas luces del bosque? —se preguntó Arsène.

—No encontramos faroles en sus habitaciones —observó Sherlock. Luego se detuvo en el pasillo y miró alrededor tratando de orientarse—. En todo caso, los tragaluces de sus cuartos dan a ese lado.

Señaló la casa del guarda pegada a la verja.

—¡Mientras que Holden ha dicho que las luces venían del bosque al este, poco más allá de la finca!

—¡Oh! —exclamé entonces—. ¡Mi dolor de cabeza está de vuelta!

Sherlock me observó atentamente. Luego me puso una mano en la frente.

—Qué raro... —dijo.

—¿Qué quieres decir?

—He notado que siempre acusas fuertes dolores de cabeza después de las comidas. Ahora, en cambio, tienes el estómago prácticamente vacío.

Era cierto. Apenas había dado unos mordiscos a un trozo de la tarta de Sophie.

—¿De veras? —le pregunté, porque yo, en cambio, no me había fijado en absoluto.

—Sí, Irene. Es más, he ido incluso a hacer comprobaciones a la cocina, en la despensa, para asegurarme de que no hubiese algún ingrediente... sospechoso.

—¿Temes que estuviesen intentando envenenarme?

—He tratado de excluirlo —puntualizó Sherlock.

No sé por qué, pero su manera de decirlo me enterneció; pensé en lo atentamente que me habría observado, en las ideas que debía de haberse hecho y en las inspecciones hechas a escondidas en la cocina para estar seguro de que nadie quería hacerme daño.

Nos dirigimos por fin al salón del piano, donde sir Robert nos había convocado. El señor Bingham, de algún modo, había encontrado tiempo para preparar té caliente para todos y la tetera humeaba en la bandeja puesta sobre la tapa cerrada del piano. Sir Robert estaba muy inquieto. Intentaba decirle algo a Sophie, que a su vez respondía con medias frases, y luego me miraba. Holden, con los brazos cruzados sobre el pecho, lo observaba todo y a todos desde un rincón de la estancia, desde el que sin duda tenía una visión completa de las entradas y salidas. Y desde donde podía ser el primero en intervenir. Lo tomé como una señal más de su adiestramiento, pero aquello, en vez de tranquilizarme, me preocupó aún más.

Esperamos en silencio casi diez minutos antes de oír los pasos de Pavel, que venía a unirse a los demás. Cuando apareció, el jardinero tenía una expresión de espanto y preocupación al mismo tiempo.

—No está —dijo simplemente—. Anita ha desaparecido.

Capítulo 17

UNA DESAPARICIÓN Y UNA IDEA

Hicimos todos un segundo reconocimiento de la casa, dejando solamente a sir Robert y a Sophie en el salón.

Pero Pavel no se había equivocado: Anita se había volatilizado realmente.

Cuando volvimos al salón, Pavel había perdido parte de su actitud altanera y parecía no resignarse a cuanto había sucedido.

—¿Cuándo la vio por última vez? —inquirió Holden.

Pavel levantó la cara, dubitativo.

—¿Después de la comida? Estaba... Ha hecho las cosas de siempre, yo la he ayudado a quitar la mesa, hemos llevado las cosas a la cocina y... he salido luego para seguir trabajando en el jardín.

—¿Qué hora era? —le preguntó Holden.

—¿Las dos? —Pavel meneó la cabeza—. No sabría decirlo.

—La cocina está en orden —se inmiscuyó Sherlock—. Y los cacharros, fregados.

—Así pues, ¿Anita se habrá quedado en la cocina otra media hora? —siguió su interrogatorio Holden.

—Seis fuentes, quince platos y diez vasos —recapituló Sherlock—. Sin contar los usados para la tarta. Cuarenta y cinco minutos incluso.

—¿Y luego? ¿Nadie la ha vuelto a ver?

Tenía grabada en la memoria una vaga imagen de Anita recorriendo el camino para ir a la casa del guarda, o al cobertizo de las herramientas, pero no estaba segura, así que no dije nada.

—Alrededor de las tres y media, señor —intervino Bingham—. He visto la hora porque estaba dando cuerda a los relojes de las habitaciones y la he visto desde una ventana dirigiéndose por el promontorio hacia allí... Los perros se habían alejado y creía que iba a buscarlos.

—¿Y no ha regresado?

—Pues los perros sí —dijo Arsène—. Y no han ladrado en ningún momento.

—Pero yo los he oído ladrar —dijo Holden—. Hacia las cuatro de la tarde.

Es decir, cuando sir Robert me estaba dando su discursito sobre Dios y el linaje.

—¡Que nadie salga de aquí! —exclamó Pavel—. ¡Debe de haberle pasado algo! ¡Tenemos que buscarla!

—Hay algo que no me convence en todo este asunto, Pavel... —dijo sir Robert—. ¿Por qué Anita iba a tener que irse de aquí? ¿Y cómo?

—Quizá... ¡no se haya marchado! —exclamó entonces Pavel—. ¡Quizá la hayan atacado! ¡Tenemos que ir a comprobarlo! ¿Dónde la vio por última vez, Bingham?

—Por allí, hacia los setos... —señaló el mayordomo.

—Frene su impaciencia, Horak —lo detuvo el señor Holden—. Y díganos más bien dónde estaba usted.

—¿Me está interrogando? —reaccionó Pavel.

—Responda a la pregunta... —le instó sir Robert.

—¿Dónde estaba? ¿A qué hora? ¡No sé dónde estaba! ¡No llevo reloj, señor! ¡Y trabajo fuera, así que no me encargo yo de darle cuerda a los relojes! —respondió él, exasperado.

—Horak...

—¡Y deje de llamarme así! —exclamó el jardinero—. ¡Soy Pavel, y nos conocemos de toda la vida, Holden! ¡Estamos perdiendo tiempo, y usted lo sabe! ¡Todos saben lo leal que soy a nuestra causa, al duque y a su seguridad, princesa!

Aquel improviso impulso de ira de Pavel me turbó.

—¡Y Anita es como yo! Conoce muchos detalles de la casa y de lo que ocurre en ella... ¡Sir Robert, le ruego que me crea y que me deje ir ahora mismo a buscarla! ¡Mientras ustedes me acosan con sus sospechas y sus injurias, corremos el riesgo de que Anita caiga en manos del enemigo!

Sir Robert miró al señor Holden como preguntándole qué era mejor hacer. Y, en aquel momento, un relámpago atravesó mi mente.

Tiré de la manga a Sherlock y, mientras los hombres seguían hablando, con Pavel jurando su dedicación a la causa, Holden tratando de reconstruir los movimientos de todos durante el día y sir Robert viéndose en la desagradable situación de tener que dar órdenes sin poder ejecutar simplemente las del duque de Loewendorf, le susurré una cosa al oído.

—¿Un contrabandista? —me preguntó él al final.

—¿He oído la palabra contrabandista? —le hizo eco Arsène.

Les dije lo que sir Robert contaba siempre de la casa y de que había sido construida sobre las ruinas del viejo castillo que había pertenecido a un tal Tudful Dirty Rees. Y añadí luego el detalle de la corriente de aire en el sótano, de la que me había percatado la noche en que me había despertado la pesadilla del reloj de agua.

—¡Señores! ¡Un momento de atención! —exclamó entonces Sherlock con una risa nerviosa—. Tal vez deberían haberse percatado un poco antes de que, si de verdad Farewell's Head fue la casa de un contrabandista, a la fuerza tiene que haber pasadizos secretos para que el señor Dirty pudiera ocuparse de sus negocios sin ser molestado.

—¿Pasadizos secretos, muchacho? ¿De qué pasadizos secretos estás delirando? —le espetó sir Robert.

—No sabría decírselo, sir Bewel-Tevens —respondió Sherlock—. Pero tal vez Pavel sí, ¿no es verdad?

Vi palidecer al señor Horak mientras los labios se le curvaban en una mueca.

Bajamos todos al sótano, menos Sophie y el señor Bingham, que se quedó en la puerta de la escalera. Con tres lámparas encendidas y alzadas por encima de nuestras cabezas, el ruido de los pasos de todos y de nuestra lenta respiración, el sótano me hizo un efecto totalmente distinto de la primera vez en que había bajado. Todavía eran visibles los arcos de bóveda de los viejos muros del castillo y los puntos en que habían sido injertados los muros de la nueva casa. Una vez bajada la escalera, el sótano se prolongaba en dos direcciones opuestas hasta donde las bóvedas lo permitían. El suelo era de antiguas tablas de madera y tierra apisonada y crujía bajo nuestros pies. El ruido del mar llegaba cargado de un estruendo retumbante que parecía reverberar en el polvo de aquel ambiente subterráneo.

—No he bajado a menudo aquí —murmuró sir Robert—. Poseo esta casa desde hace demasiado poco tiempo.

—¡Pues algún otro sí ha bajado, vaya si ha bajado! —observó Holden.

Había rastros de tierra removida y del paso de al menos una persona. Una de las lámparas se separó del grupo y, como había previsto, poco después Sherlock, que la sostenía, nos llamó:

—¡Creo que lo he encontrado!

Arsène fue el más veloz de todos. Llegó hasta su amigo y lo ayudó a levantar una trampilla en realidad no muy pesada, bajo la cual había sido extendido un mantel de cocina para cerrar el paso a las corrientes.

—¡Anita lo estaba buscando! —recordé al verlo. Luego me corregí—: O al menos eso me dijo...

Desde la trampilla arrancaba un estrecho túnel que se perdía en la oscuridad.

—Por todos los malditos demonios del infierno... —mascullló sir Robert, que se puso del color de la nieve.

—Usted no se mueva de aquí —le ordenó Holden a Pavel.

—¿Puedo ir a inspeccionar yo, señor? —le preguntó Arsène.

—Está bien —decidió Holden—. Pero sigue hablando en voz alta, ¿está claro?

Arsène se hizo ayudar por Sherlock y se metió en el túnel. Luego le pidió la lámpara y empezó a explorarlo.

—Diría que desciende de una manera bastante empinada... —dijo—. Y es muy húmedo... Creo que nos encontramos cerca del mar... Y aquí se estrecha... pero aún puedo seguir... hasta... vaya... ¡aquí hay un pico!

Para mi gran sorpresa, oí a Arsène volver sobre sus pasos y luego asomar la cabeza por la trampilla.

—Está obstruido por un derrumbe de escombros a

diez pasos de aquí —contó—. Pero he encontrado esto en el suelo...

—¡Es uno de los picos del jardín! —exclamó Holden en cuanto lo vio—. ¿Qué significa esto, Pavel?

—Está cometiendo un grandísimo error, señor —respondió él.

—¿Es o no es una de sus herramientas?

—Se lo repito por última vez... —dijo un desconsolado señor Horak—. No es lo que piensa.

No se revolvió cuando el señor Holden le ordenó que se diera la vuelta. Y tampoco cuando le aprisionó las muñecas con una cadena que colgaba de una de las paredes del sótano. Siguió repitiendo simplemente que aquello era un error. Un gran error.

Pero ni sir Robert ni mucho menos el señor Holden parecían dispuestos a hacerle caso.

—¡Ya seguirá cantando ese estribillo suyo del error ante el duque! —rugió Holden—. Tenemos que advertirle cuanto antes, sir Robert —añadió después, dirigiéndose a Bewel-Tevens.

—Ya lo hice ayer por carta —respondió el dueño de

la casa con voz grave, parecida a la nota baja de un viejo órgano.

—Otro aviso no vendrá mal —insistió Holden—. ¡Dada la situación, hay que moverse con la máxima rapidez posible!

—Naturalmente. Tiene razón, Holden —suspiró sir Robert—. ¡Ahora volvamos arriba, no aguanto más este lugar horrible!

—¡Eh! —protestó Pavel Horak—. ¿Qué significa esto? No irán a dejarme aquí, espero.

—¿No es lo que quería? —le respondió el señor Holden, que acercó la lámpara a su propia cara—. Para terminar de abrir ese pasadizo. ¿Sabe ya dónde desemboca, Horak? ¿Desde hace cuánto tiempo tiene conocimiento de él?

—¡Le está haciendo el juego a sus propios enemigos! Puedo explicarlo todo —protestó Pavel.

—¡Ah! Es lo que hará, esté seguro —replicó Holden—. Pero a alguien más importante que yo.

Subimos por la escalera, con Sherlock y Arsène cerrando la fila. Oí que Sherlock le susurraba algo a su amigo y luego vi a Arsène sobrepasarnos, salir del sótano bajo la mirada del señor Holden y después, aprovechando un instante en que el guarda volvía la cara, entrar de nuevo en el sótano justo antes de que la puerta se cerrara.

Miré a Sherlock sin decir ni una palabra. Y hasta casi llegar al salón no tuve oportunidad de susurrarle:

—¿Qué le has dicho a Arsène?

—Le he explicado cuál era, en mi opinión, el error del que estaban hablando Pavel y Anita cuando los oímos discutir.

—¿Y por qué ha vuelto él abajo?

—Lo ha decidido él, sostiene que es el más ágil de nosotros dos... En todo caso, muy pronto nos traerá noticias.

—¿Crees que Horak hablará?

—Si eso puede servir para liberarlo de las cadenas... ¡estoy convencido de que sí!

Nos sentamos en un silencio glacial en el salón, donde para entonces sir Robert quería que permaneciéramos todos, y no pasó mucho tiempo antes de que se notara la ausencia de Arsène.

Por fortuna, él volvió un segundo antes de que sir Robert mandara a Bingham a buscarlo. Se colocó entre Sherlock y yo y susurró:

—Es lo que pensabas.

—¿Podría saberlo yo también? —me entrometí.

—El hombre de ahí abajo no está de muy buen humor y al principio pensaba que iba a dar la alarma... En cambio, ha aceptado hablar conmigo —explicó Arsène—. Dice que él y Anita descubrieron el pasadizo hace dos días, cuando hicieron las primeras indagaciones y la inspección más sistemática de la casa tras el suceso de los collares.

Nos servimos una taza de té, que se había enfriado, y nos apartamos a un rincón del salón para confabular.

—Descubrieron el pasadizo y lo siguieron hasta la salida, que, según parece, está en el acantilado —continuó Arsène—. Desemboca en un estrecho sendero, invisible desde arriba y desde el mar, que lleva hasta la carretera de la costa, a mitad de camino entre Farewell's Head y Oakenholt.

—¿Lo recorrieron? —preguntó Holmes.

—Dice que se llega al pueblo en poco más de un cuarto de hora.

Sherlock asintió.

—Y después lo taparon ellos... —dije entonces.

—Exacto —respondió Arsène—. Pavel cogió un pico y, con ayuda de Anita, hizo desplomarse los escombros para obstruir el pasadizo, y decidieron no decirles nada a sir Robert y los demás. Por lo que parece, fue Pavel el encargado de hacer la primera inspección aquí, en Farewell's Head, cuando se eligió como escondrijo para Irene... Obviamente, pasó por alto el pasadizo y, cuando por fin lo encontró hace dos días, temió que lo mandaran de vuelta a Bohemia con deshonor.

—¿Y de verdad esperaba Pavel que te creyeras esa versión de los hechos? —preguntó Sherlock.

—No tenía luz suficiente para verle la cara —respondió Arsène—. Pero, si quieres mi impresión, es que sí. ¡Las cosas sucedieron realmente así!

—Basta con volver al pasadizo y ver si los escombros fueron hechos caer desde el interior a golpes de pico... —propuso Sherlock.

—¿Y si así fuese? —pregunté.

—Entonces Pavel ha contado la verdad.

—Pero eso no nos ayuda a averiguar qué puede haberle pasado a su hermana... —recordé.

—¡Nos haría falta una de tus ideas! —dijo Arsène, sonriéndome.

—¿De las mías? ¿Y qué tienen de particular mis ideas? —pregunté yo.

—¿No te has dado cuenta? Cuando Sherlock no consigue deducir la solución de un caso a su manera y yo no consigo descubrir algo por boca de los interesados directos, sueles ser tú quien piensa algo completamente absurdo...

—¿Acaso estás intentando hacerme un cumplido, Arsène? —traté de bromear, pese a no estar de humor para ello.

—¡Claro! Porque se trata de alguna absurdidad genial, que normalmente conduce a... la solución del caso —replicó él con esa clásica sonrisa suya que daba ganas de abofetearlo.

Oímos cerrarse puertas y Holden entró de nuevo en

la casa. Parloteó en voz baja con sir Robert y luego cogió las riendas de la situación.

Ayudamos a Sophie a preparar una cena rápida y después nos retiramos a nuestras habitaciones; todos excepto Bingham, que fue invitado a bajar a nuestro piso y ocupar el que había sido mi primer dormitorio. Cuando lo acompañaba al piso de la servidumbre para coger su ropa, Holden hizo que le abriera las habitaciones de los dos hermanos y las registró. Desde abajo podíamos oír los tacones de sus botas encima de nuestras cabezas. Aquello no duró más de diez minutos. Luego volvió radiante con un libro en las manos.

—¡Creo que he encontrado algo útil! —dijo.

Dejó en medio de nosotros un libro titulado *El barco de cristal*, una compilación de poemas, y lo abrió exactamente por el lugar en que había estado la hoja arrancada que yo había encontrado sobre mi cama.

—¿Y de dónde proviene esto? —le preguntó sir Robert.

—Estaba escondido en la habitación de Anita —dijo Holden.

—¿En qué sitio? —le preguntó Arsène, sorprendido.

—Dentro de la chimenea —contestó Holden, intrigado por aquella pregunta.

Sherlock me miró, incrédulo.

—¿Cómo es que no lo vimos? —me preguntó instantes después—. Tú miraste dentro de la chimenea.

—Y estoy segura de que no había nada —respondí con la voz quebrada.

—Pues, ¿de dónde ha salido? —preguntó Arsène.

El guarda, mientras, había bajado de nuevo al sótano, había sacado a Pavel de allí con las muñecas atadas ahora con un trozo de cuerda y lo había llevado al salón, donde le había preguntado qué sabía de aquel libro.

—Nada —dijo él.

—¿Y su hermana qué?

—Primero habría que encontrarla y luego preguntárselo —gruñó el señor Horak.

—¡Hable, Pavel! —lo apremió Holden—. ¿Qué estaban haciendo usted y su hermana? ¿Por qué intentó Anita asustar a Irene?

—¡Anita no ha intentado asustar a nadie!

—¡¿Y entonces por qué tenía escondido este libro en su cuarto?!

—¡No lo sé! ¡No tengo ni la menor idea!

—¿Y el pasadizo?

—¡Deberían agradecerme que haya cerrado ese pasadizo en vez de retenerme aquí, atado como un perro!

—¿Agradecérselo? ¿Por no habérselo dicho a nadie?

—¡Contarlo no era una buena idea! —respondió Pavel, agitado—. ¡Este lugar era el más seguro que yo haya visto nunca, más que una fortaleza! ¡Y ese viejo pasadizo olvidado no significa nada, sobre todo después de haberlo vuelto a cerrar! No quería provocar pánico sin una razón válida, ¿no lo entiende? Lo repito por última vez: está cometiendo un gran error. ¡Ni yo ni Anita hemos hecho nada malo! No sé de dónde proviene ese libro, pero sé que debe de haber alguna explicación.

—¿Para quién trabaja, Pavel? —le preguntó el señor Holden, impasible.

—¡Para el duque de Loewendorf, santo cielo! ¡Como todos ustedes! ¿O me equivoco? ¿Para quién trabaja usted, Holden?

El revés con el puño del guarda cayó como una maza sobre las espaldas de Pavel, haciendo que tosiera del dolor.

—¡Ni se atreva!

—¡Vaya si me atrevo! En vez de interrogarme sobre cosas que no he hecho, ¡deberíamos buscar a mi hermana!

—¡Basta! —tronó Sophie desde lo alto de la escalera—. ¿No les da vergüenza comportarse así delante de los chicos? Irene, has visto demasiado ya. A dormir. ¡Y vosotros también!

Sherlock y Arsène se deslizaron junto a Sophie y se fueron al cuarto que compartían.

—Y en cuanto a usted, señor Holden, supongo que tiene intención de pasar la noche aquí, en la casa...

—¡Al pie de la escalera con mi fusil, así es, señora Von Klemnitz!

—Entonces coja algo para ponerse cómodo, dele un almohadón al pobre señor Horak y vayámonos todos a dormir. A dormir, eso es, y todos. Pavel, intente tener paciencia, no es posible buscar a su hermana en la oscuridad. Mañana, más lúcidos, decidiremos lo que hacer. Y ahora, ¡buenas noches, señores! —dijo para terminar Sophie con una pequeña inclinación.

El caballero aprobó con enérgicos ademanes de la cabeza y repitió lo que acababa de decir Sophie, casi palabra por palabra, indeciblemente aliviado por el hecho de que aquel día hubiera llegado a su fin.

Capítulo 18

UN CONCILIÁBULO Y UN INCENDIO

Antes de acostarme, pasé por la habitación de Sophie para hablar. Ambas estábamos bastante desconsoladas: parecía realmente que las cosas, en vez de mejorar, estuviesen empeorando de hora en hora, y aunque ella y yo estuviésemos decididas a inventarnos lo que fuera para levantar la moral de todos (y la nuestra en primer lugar), aquel esfuerzo parecía a aquellas alturas superior a nuestras posibilidades. Pero, de alguna manera, había que hacerlo, sobre todo por mis dos amigos. Sherlock y Lupin habían permanecido siempre a mi lado, lo que por una parte me reconfortaba y me hacía sentir segura, pero por otra me atormentaba, porque ni siquiera ellos eran inmunes al ambiente tétrico y agobiante que reinaba en Farewell's Head. Estando con ellos, no hacía más que recordar nuestra vida de antes, todo lo que habíamos hecho juntos y que en ese momento me resultaba claro que no repetiríamos jamás. A esas alturas, la sensación de opresión parecía más fuerte que nosotros.

La habitación de Sophie tenía una gran terraza, la única de la casa, a la cual se enrollaba una enredadera reseca. La habían plantado, quién sabía cuándo, los anteriores propietarios de Farewell's Head y luego había crecido por su cuenta, como el resto del jardín. Hablando de la casa, y de sir Robert, Sophie y yo respiramos un poco de aire fresco, reconfortándonos mutuamente y tranquilizándonos sobre el futuro que nos aguardaba. Lo lograríamos, nos repetimos. Saldríamos de allí sanas y salvas, incluso con el señor Holden apostado en la casa, tumbado en el piso inferior, con Pavel maniatado y los mastines de sir Robert.

—¿Tú conoces la historia familiar de sir Robert? —le pregunté a Sophie al rato. Le hablé brevemente de la bofetada que me había dado cuando había sugerido que él no tenía hijos.

En realidad, me contó Sophie, había tenido uno. Era muy joven y estaba embarcado como oficial de marina en un barco de escolta en la Compañía de las Indias Orientales. Sophie no recordaba exactamente en qué perdido punto del mar, en Oriente, los piratas habían atacado la flota ni cómo, con precisión, había perdido la vida el hijo de sir Robert. Pero aquella era la triste sustancia de la historia. La mujer de sir Robert, una mujer india que él había conocido durante una misión diplomática, no podía tener más hijos y se había dejado morir de tristeza. Sir Robert, que en aquel tiempo tenía una prometedora carrera de tratos comerciales con Oriente, se había retirado de los negocios. Mi frase, por tanto, había sido como poco inoportuna.

Me sonrojé y lamenté mucho haberla pronunciado.

—¿Tú crees que mañana llegará el duque? —le pregunté a Sophie, deseosa de cambiar de conversación.

—Sir Robert insistió en que viniera lo antes posible —contestó Sophie—. Así que supongo que sí.

Era como me temía. Con la llegada del duque, las cosas empeorarían aún más. Les impediría a Sherlock y a Arsène seguir en la casa con nosotras, o nos obligaría a Sophie y a mí a seguirlo en un carruaje en dirección a saber dónde. Por lo que sabía, mi padre estaba todavía en Liverpool ocupándose de sus negocios. Y mi casa en Londres estaba vacía. Aquella idea, fija, era para mí como un reclamo irresistible. Como un canto de sirenas.

—*In girum imus nocte, et consumimur igni...* —cité en voz alta—. ¿Conoces esta frase?

Sophie negó con la cabeza.

—Es un palíndromo, es decir, que se puede leer en ambos sentidos.

—¿Y sabes lo que significa?

—Vagamos por la noche y somos consumidos por el fuego —contesté—. Habla de las polillas que se mueven en la oscuridad y cuando ven una luz...

—Se queman las alas.

—Algo así, sí —admití.

Cuando entramos en la habitación y cerramos el ventanal de la terraza, el mar que rodeaba el cabo estaba calmado como la tinta. Abracé a Sophie al darle las buenas noches y salí despacio de su cuarto. Miré a ambos lados del pasillo: el que llevaba a la escalera, al pie de la cual vigilaba el señor Holden, y luego a la biblioteca de sir Robert; y el que conducía a los demás dormitorios, con el mío al fondo, justo antes de la puertecita de la escalera que subía al piso de la servidumbre. Sabía que, como todas las demás puertas de la casa, la habían cerrado. Lo que quedaba de la servidumbre, o sea, el señor Bingham, dormía en mi primera habitación. O quizá estaba sentado en la butaca a la espera de que alguien lo llamara, tal como a menudo hacía el señor Nelson. Había sido mi querido y fiel Horace Nelson quien me había enseñado aquella enigmática frase latina que le había citado a Sophie. Igual que había sido él quien me había enseñado a usar clavos y martillo, el código morse, los nudos de marinero y una infinidad de cosas más, al pensar en las cuales sentí tensarse de nuevo mis pobres nervios.

Silenciosa como un fantasma, me encaminé hacia mi nueva habitación en el ángulo oriental de la casa, pero, antes de llegar, me detuve delante de la de sir Robert. En el silencio irreal de aquella noche estrellada, podía oírlo respirar y dar vueltas en la cama, como un niño que no puede coger el sueño. Le había faltado al respeto de una manera odiosa. Y lo sentía tremendamente.

—Prometo que aprenderé a comportarme mejor, sir Bewel-Tevens —murmuré a la puerta cerrada.

Después, de puntillas, llamé a la habitación de enfrente.

Solo tuve que esperar pocos segundos antes de que la puerta se entornara y la voz de Arsène me llegara a través de la rendija.

—¿Qué haces aquí?

—Imagina una de esas noches en que no puedes dormir —le susurré.

—Puedo imaginarla perfectamente desde que tengo como compañero de habitación a Sherlock Holmes, que ronca como un tigre de Bengala —respondió él, divertido.

—Yo no ronco en absoluto —rebatió nuestro amigo a su espalda.

—¿Venís a mi cuarto? —susurré.

—Creía que nunca nos lo ibas a pedir —respondió Arsène, saliendo por la puerta.

Llegamos a mi habitación y entramos mientras Sherlock se demoraba para ponerse algo encima. Mi habitación estaba iluminada por la débil claridad de las estrellas y no encendimos ninguna luz.

Miramos afuera, hacia el cabo y los bosques, hacia el cielo limpio de nubes y salpicado de estrellas, y tanto Arsène como yo suspiramos en el mismo momento exacto.

—¿En qué pensabas? —le pregunté, divertida.

—En huir —respondió. Yo miré detrás de él, a la puerta de mi habitación, que había quedado entreabierta—. Pero en huir de verdad. Tú y yo.

—Bastante audaz como plan —le dije.

—Mejor que quedarse aquí, marchitándonos entre miedos, intrigas y sospechas —replicó él.

Oímos el levísimo clac de la puerta del cuarto de Sherlock al cerrarse.

—Podríamos hacerlo, Irene... —siguió diciendo Arsène, hablando muy rápido para que no llegara a oírlo Sherlock.

La idea de Arsène me golpeó como una bofetada, pero intenté replicar de todos modos:

—Ah, claro... ¿Y te encargas tú de dejar K.O. al señor Holden, de acallar al duque de Loewendorf, de protegerme de mis enemigos?

—¿Molesto? —preguntó Holmes, apareciendo en la habitación.

—Y además... ¿Sherlock? —añadí bajito.

Arsène se volvió hacia él bruscamente.

—¿Qué clase de estúpida pregunta es esa, Sherlock?

—¿Qué pregunta? —quiso saber el otro, sentándose a nuestro lado en la alfombra, delante de la ventana.

—Que si molestas. ¡Una de vuestras cursilerías de ingleses!

—Sí, supongo que tus amigos los monos del circo tenían modales más directos —repuso Sherlock.

Aquello derivó en un pequeña lid.

Los observé discutir como si yo no estuviera presente, estupefacta por lo que oía. Estaba claro cuál era la verdadera razón de aquel roce: yo. Con el fin de que no se rompiera nuestra amistad, aquellos dos se habían hecho una especie de promesa entre hombres, un pacto de honor, que por lo que parecía Arsène no había respetado. Y Sherlock se lo reprochaba: el haber faltado a su palabra, no tanto el haberme besado o no.

—¡Maldición! —exclamé en cierto momento para interrumpirlos—. Para pelearos, id a otra parte... ¡Yo esperaba poder hablar, razonar, poner en orden mis ideas! —concluí en tono reprobatorio—. ¿Empiezo yo? Bien. ¿Vosotros pensáis que los hombres de Gustav von Ormstein tienen de verdad a un espía aquí, en Farewell's Head?

Arsène fue el primero en responder:

—Hablábamos de ello hace un rato —dijo—. En mi opinión, sí. Y si se me permite decir lo que pienso, creo que son los hermanos Horak.

—¿Y según tú, Sherlock? —pregunté.

—Yo creo que no —contestó él.

—¿Y por qué no? —insistí.

—¡Porque no tiene sentido! Todo es absurdo en esta historia, una vez más —me respondió Holmes, totalmente fuera de sí.

—Entonces, explícame qué hay de absurdo —lo provoqué.

Él suspiró profundamente.

—Empecemos por Pavel y Anita... ¿Qué tenemos en contra de ellos? Una discusión en la que reconocen haber cometido un error.

—Por no haber avisado a sir Robert de la existencia de un pasadizo secreto que permite colarse dentro de la casa —se entrometió Arsène.

—Pero los hermanos Horak han cerrado ese túnel —continuó Sherlock—. Cerrándose así su vía de escape. Y perdiendo toda posible ventaja. Es evidente, además, que sir Robert no sospechaba que existiera, y tampoco Holden. Así pues, la pregunta es: si los espías de los Von Ormstein conocían el pasadizo, ¿por qué no lo han utilizado de una manera lógica? ¿Qué sentido tiene entrar en la casa para dejarte un poema sobre la almohada, romper los collares y... nada más? Podían haberte matado, raptado, hecho cualquier otra cosa. Lo que me empuja a pensar que los usurpadores no estaban al corriente de la existencia del pasadizo. Y que ni Pavel ni Anita están compinchados con ellos.

Sherlock cruzó las manos detrás de la cabeza.

—Quedan los demás. Empecemos por Holden, el guarda. ¿Qué sabemos de él?

—¡Que le metería dos dedos en los ojos con mucho gusto! —dijo Arsène.

—De hecho, lo que te está diciendo tu intuición es que Holden es un perfecto policía. Tal vez alguna desventura lo llevara a colgar el uniforme, pero conserva su espíritu. Un hombre duro, tosco, que obedece las órdenes recibidas. En este caso, las del duque de Loewendorf. La jovialidad y la amabilidad no son realmente su fuerte, pero sabe hacer su trabajo, eso hay que reconocérselo.

Me quedé callada, escuchando. Sherlock alargó la mano para coger de mi escritorio un lapicero rojo y empezó a jugar con él mientras hablaba.

—Y tenemos que admitir que Holden no conocía el pasadizo, se quedó tan atónito como nosotros.

Holmes, en ese momento, me señaló con el lápiz, tratando de concentrarse. Yo estaba pendiente de sus labios.

—Además, cuando ha subido a registrar las habitaciones de los dos hermanos, ha encontrado el libro en la de Anita. ¿Por qué?

—¿Porque a nosotros se nos había escapado y él, siendo un policía experimentado como tú dices, ha sido más hábil buscando? —supuso Arsène.

—Son habitaciones minúsculas, sin nada especial. Y a estas alturas nosotros también tenemos cierta experiencia. No. Entre nuestra inspección y la de Holden ocurrió algo.

—¿Qué quieres decir? —le pregunté.

—Que alguien podría haber escondido el libro de poemas en la habitación de Anita después de que nosotros subiéramos. Pero ¿por qué motivo?

—¿Para inculpar a Anita?

—¿Y de qué concretamente? ¿De haber asustado a

Irene? Pero, llegados a este punto, ¿a quién podría beneficiar que se inculpara a la señora Horak? ¿Al verdadero espía? Pero si el maldito espía está en la casa y su misión es atacar a Irene... ¿por qué no lo ha hecho? ¡Es un rompecabezas absurdo, os lo he dicho!

Contuve la respiración mientras miraba a Sherlock, quien, inmerso en la lógica intachable de sus razonamientos, no mostraba signos de las caóticas emociones de poco antes.

Su pensamiento riguroso había conseguido dibujar un cuadro muy vívido de la oscuridad que nos rodeaba. Densa como la tinta del reloj de agua de mi sueño.

—Si estáis en vena de elucubraciones, podemos hablar también del poderoso duque de Loewendorf —volvió a hablar Sherlock.

—Y ¿por qué? —pregunté con curiosidad.

—Porque siempre hemos dado por descontado que es el héroe de esta historia, pero ¡realmente no lo sabemos! —respondió Holmes, abriendo los brazos.

—¿Tú sospechas que...? —dijo Arsène, desencajando los ojos.

—No sospecho nada concreto, precisamente porque no conozco a ese hombre... Pero sé, por ejemplo, que le gusta mover los hilos de peligrosas tramas políticas. ¿Quién nos asegura que alguien del bando contrario no lo tiene en un puño y lo está chantajeando? —conjeturó Sherlock.

Un largo suspiro fue mi respuesta.

—¿No oís nada? —preguntó Arsène, en cambio.

Sherlock, concentrado en sus hipótesis, negó con la cabeza. Luego olfateó el aire.

—Humo —dijo.

—¡Huele a quemado!

Nos acercamos a la ventana. La abrimos y nos embistió el olor acre del humo. Oímos el crepitar del fuego y vimos las largas sombras de un incendio, que estaba quemando Farewell's Head.

—¡Fuego! ¡Fuego! —gritó Arsène—. ¡Fuera! ¡Fuera! ¡Vámonos de aquí!

Capítulo 19

UNA FIESTA Y UN CABALLO

Solo con las primeras luces del alba el señor Holden, Bingham, Sherlock, Lupin y Pavel consiguieron ganarle la partida al fuego.

Había sido provocado dolosamente en la broza que Pavel había amontonado junto a la casa y, desde allí, se había extendido a la planta baja de Farewell's Head, que ahora aparecía ennegrecida por el humo y con el suelo cubierto del agua arrojada.

—Tuvimos suerte de que nos diera tiempo a salir —fue el comentario de Sophie, abrigada con una manta—. Y de que las llamas no alcanzaran las habitaciones.

—Todos estamos vivos, gracias al cielo... Todos vivos —comentó lacónicamente sir Robert.

Dimos vueltas por la casa desolada para comprobar los daños. Y a todos nos resultó claro que no podríamos quedarnos allí. El olor a humo era insoportable. Y las huellas negras del fuego en las paredes demasiado espantosas para seguir mirándolas.

—Han sido ellos... Esos reptiles... —le dijo sir Robert al señor Holden cuando el policía de guardia en la casa entró de nuevo—. ¿No es cierto?

Holden sostenía lo que quedaba de una bata ennegrecida y sucia de tierra. Una bata mía. La tiró al suelo y dijo:

—Han usado esto como mecha.

La visión de una prenda que había llevado puesta reducida a aquel estado me dio escalofríos.

—Quien quiera que haya sido, conocía a los perros —dijo Sherlock en voz alta. Holden lo miró.

—No han ladrado. Han sido alejados y bien atiborrados... ¡Ni un gañido! —dijo Arsène.

Holden se volvió hacia Pavel, al que había atado otra vez las manos después de haber apagado el incendio.

—¿Y usted qué dice, eh?

—¿Qué tendría que decir?

—¿No ha sido su hermana, acaso? —insinuó el policía—. Los perros la conocen. Y yo no estaba de guardia en la verja, ni en la valla que corre a lo largo del cabo. Puede haberla saltado sin problemas y...

—Mi hermana juró fidelidad al duque —rebatió Pavel por enésima vez—. ¡Quien ha prendido el fuego nos quería muertos!

—O lo quería a usted fuera de aquí —insistió Holden.

—Ya ajustaremos cuentas con él más tarde, pero ¿qué hacemos ahora? —preguntó sir Robert.

—No podemos quedarnos más tiempo en Farewell's Head —respondió el guarda, sombrío—. Pero todos estamos demasiado cansados.

—Podríamos ir a la Packard Goose Inn... —propuso

Arsène—. Es la posada del pueblo. Estaba casi llena por la fiesta, pero creo que podrán ayudarnos en vista de la emergencia.

—Es una buena idea —aprobó sir Robert.

—Yo estoy destrozada... —murmuró Sophie—. Un poco de reposo me sentaría bien...

Holden escupió al suelo antes de asentir.

—Sí. Es una buena idea, chaval. También porque, con toda la gente que hay en el pueblo, esos bastardos no podrán hacer ningún movimiento demasiado aventurado. Quizá sea mejor estar el mayor tiempo posible en público hasta que llegue el duque.

Nos preparamos, para lo cual subimos por turnos a coger en las habitaciones las pocas cosas indispensables.

—Ustedes quédense aquí —les ordenó Holden al señor Bingham y Pavel—. Si llegara el duque, ya saben dónde encontrarnos. Yo voy a ensillar los caballos.

—Nosotros tres vamos andando —dije.

—¡Usted no se mueve de aquí, señorita! —rugió Holden—. Hasta que yo se lo diga. Luego subirá al carruaje con su madre y sir Robert.

Apreté los puños, furiosa, pero no repliqué.

Bajé la mirada y vi a Sherlock agachado en el suelo, examinando la bata que se había utilizado para provocar el incendio, y quise ir hasta él. Pero Sophie me pidió entonces que subiera al piso de arriba, a su habitación, a coger un vestido para cambiarse, y fui a hacerle ese favor.

Mientras subía iba despidiéndome de la casa, porque sabía que no regresaría nunca, y pensé que su nombre, «Cabo del Adiós», era de lo más acertado.

El trayecto en carruaje fue rápido, pero no por ello menos penoso. Holden insistió en que no lo hiciéramos hasta mediada la mañana, después de que Sherlock y Arsène hubieran bajado al pueblo a comprobar que todo estaba tranquilo y que en la Packard Goose Inn disponían de tres habitaciones para nosotros. No disponían de ellas, pero la única que quedaba libre sería perfecta para Sophie y para mí, y Sherlock y Arsène le cedieron la suya a sir Robert. Si debíamos pasar la noche allí, ellos dormirían en el establo, como en una vieja novela picaresca. Y Holden en la calle, imaginé, con la espalda apoyada en la puerta.

La verdad, no obstante, es que nunca entramos en aquella posada. Era una mañana tersa y el aire era fresco. Ninguna nube en el horizonte, como durante la noche. Rodamos con cautela por la carretera de la costa y dejamos el carruaje a cincuenta pasos del establecimiento, pues los puestos de la feria del pueblo ocupaban enteramente la calzada y no había posibilidad de avanzar más. Sir Robert ayudó a Sophie a bajar y a apoyarse en las muletas, mientras Holden, con las riendas agarradas, lanzaba miradas vigilantes en todas direcciones. En todo Oakenholt reinaba un agradable alboroto: las personas se habían desparramado por las calles y hablaban, bebían y comían en ellas. Numerosas embarcaciones habían fondeado en la pequeña bahía y había carros abandonados un poco por todas partes, con los animales sujetos a la buena de Dios mientras sus dueños vendían y compraban cachivaches en los puestos de la feria. Había un buen aroma a buñuelos de miel y fruta escarchada, que ráfagas de viento traían junto con olores menos agradables para mí, a setas y pescado ahumado. Escoltada por Sherlock y Arsène, nos mezclamos con la muchedumbre y dejamos que nos rozara toda aquella inocente alegría.

Pero luego, de repente, un desconocido le dio un golpe a Arsène que lo hizo rodar por el suelo y, casi al mismo tiempo, un chiquillo se plantó delante de Sherlock y le dijo:

—Resuelve esto, si eres capaz.

Sherlock se quedó pasmado durante una fracción de segundo, bajó la mirada hasta la bola de cera de abejas que el niño tenía en la palma de la mano y, antes de que pudiera replicar, irrumpió en medio de nosotros un caballo encabritado.

Yo solo tuve tiempo de percatarme de que el animal cargaba contra nosotros y de echarme a un lado, luego lo oí relinchar, muy fuerte, y acabé lejos de mis amigos. Entreví a Arsène poniéndose en pie y a Sherlock gritándole algo a un niño. Más atrás, Sophie había levantado una muleta para defenderse de la embestida del caballo y sir Robert la sostenía con un brazo. Holden se puso en pie en el carruaje y gritó:

—¡La chica!

No me dio tiempo a comprender si se dirigía a mí o a mis amigos. Una mano fuerte, oscura, apareció a mi espalda y me tapó la boca. Una segunda mano me levantó del suelo y me escondió en el zaguán sin luz de una casa.

Y mientras oía cómo crecía fuera el jaleo, cómo acababa por los aires el contenido de muchos puestos y decenas de voces gritando, el hombre que me había raptado me dejó en el suelo y me hizo seña de seguirlo.

—¡Horace! —exclamé nada más verlo, y me arrojé a sus brazos.

—¡Por aquí, señorita Irene! —me dijo mi viejo mayordomo—. ¡Sígame, rápido, no hay ni un momento que perder!

Capítulo 20

UN ARDID Y UN CLARO

He escrito y reescrito muchas veces, en mis diarios y en mi memoria, lo que imagino que sucedió después de aquel momento. Después de que el caballo, encabritado a propósito por el señor Horace Nelson, me cortara el paso. El resultado son decenas de versiones diferentes, algunas mejores que otras. Ciertas son más tranquilizadoras, otras más francas. No obstante, nunca sabré de verdad lo que sucedió, y no lo sabré porque a partir de aquel momento todo cambió. Profundamente.

Cuarenta largos años e innumerables tentativas de reconstruir aquellos acontecimientos en mi imaginación los han vuelto totalmente distintos de los demás recuerdos de mis diarios, aunque en estos últimos tomara parte personalmente. La memoria, como he aprendido al madurar, se confiesa de una manera extraña: os cuenta lo que esperáis oír, preparándose así para la absolución. No solo se difuminan los detalles, se difuminan también los grandes acontecimientos y su concatenación, y el motivo por el que estabais allí, asistiendo, de repente se os escapa. Haber llevado un diario no siempre es de ayuda. Es más, a veces vuestras palabras os parecen ajenas, escritas por un yo remoto que ya no sois vosotros. Descubrís que lo que recordáis con más intensidad quizá ni lo vivisteis siquiera. Y lo que entonces más importancia tenía para vosotros, el ídolo al que de pequeños jurasteis eterna fidelidad, no sobrevivió siquiera a los desasosiegos de la pubertad.

Además, como en este caso, podéis descubrir que

vuestros propios diarios son mentirosos. Y que tampoco os podéis fiar de lo que confesabais. A lo mejor porque teníais otra intención, secreta, que mantener oculta a todos. Sobre todo si, mientras los escribíais, estabais en la misma habitación que Sherlock Holmes y teníais la necesidad de hacer que él no os descubriera nunca, aunque metiera mano en aquellos diarios y los leyera.

Pero os pido que tengáis aún un poco de paciencia. Y que practiquéis el arte de la espera sin saltar, precisamente ahora, a conclusiones apresuradas.

Volvamos, por tanto, a lo que sabía y procedamos en este punto por hipótesis, por aproximación. Y veamos hasta dónde conseguimos llegar con las suposiciones. Finjamos que, por una vez, somos Sherlock Holmes y sigámoslo paso por paso. Lo dejamos con una bola de cera en las manos, un caballo encabritado y un chiquillo harapiento que le ha susurrado una frase sibilina:

—Resuelve esto, si eres capaz.

Después, Irene ha desaparecido en la nada. El caballo ha provocado el suficiente tumulto para impedirles a todos razonar de modo lógico y Sherlock Holmes, cogido por sorpresa, ha apretado aquel pequeño grumo de cera en su mano.

Dentro de la bola habían metido una nota arrugada.

—¿Irene? ¿Dónde está Irene? —gritaba Sophie detrás de él.

Y el señor Holden maldecía mientras bajaba del carruaje.

Tal vez la mirada analítica de Sherlock percibiera que, en toda aquella confusión, un hombre se alejaba de la multitud con actitud de indiferencia. Pero lo que sí es seguro es que no pudo reconocer a aquel hombre, de otro modo yo no estaría escribiendo esto. Ya se había encontrado con él una vez, cuando habíamos resuelto juntos el caso de la Cobra Real. Era un capitán de marina, injustamente acusado, que solo nuestra testarudez y la amistad del señor Nelson habían sacado de aprietos.

Pero, como decía, no fue así como ocurrieron las cosas. Sherlock no lo vio, porque probablemente me buscaba a mí. O al chiquillo que le había puesto en la mano la nota.

—¿Qué es esa cosa, Sherlock? —le gritó Arsène.

Él abrió la cáscara de cera, alisó la nota con los dedos y, escrito con una letra que no podía reconocer porque pertenecía al mismo hombre que se estaba alejando con indiferencia, leyó este mensaje:

SI QUERÉIS RESCATARLA
EN LA TORRE DE CROMWELL

—Han raptado a Irene —murmuró Sherlock, atónito—. ¡Y esta es una petición de rescate!

—¿La torre de Cromwell? —leyó Arsène—. ¿Y dónde está?

—Pero ¿qué rescate piden? —se preguntó Sherlock.

Resuelve esto, si eres capaz.

No era el único misterio de aquella petición. No existía ninguna torre de Cromwell en el pueblo.

—Cromwell nunca construyó ninguna torre, ni ningún castillo... —dijo Sherlock—. Si acaso los destruyó durante la guerra civil... ¿Hay ruinas en alguna parte por aquí cerca?

Incluso en el pánico y la confusión que se habían

generado, alguien debió darles la respuesta que Sherlock buscaba. Había unas ruinas en la zona del bosque. ¿Y una torre entre aquellas ruinas? Puede que no una torre propiamente dicha, pero sí una construcción que en otro tiempo quizá fuera una torre. A lo mejor el faro privado de Dirty Rees. ¿Quién podía saberlo?

Lo importante era que tenían un lugar al que ir. Y que aquel lugar estaba en dirección del bosque en el que Holden había encontrado el rastro de desconocidos que por la noche habían batido el bosque con linternas. De algún modo, todo empezaba a encajar. Salvo por un detalle: el significado de ese todo.

—¡Id vosotros! —exclamó Sophie en ese momento—. ¡Con la pierna así, yo no sería más que un estorbo!

—¡Me quedo contigo! —se ofreció sir Robert.

—¡Ni lo pienses, Robert! ¡Tenéis que ir todos! ¡Y ahora mismo! ¡Es precisa la ayuda de todos! ¡Id! ¡Por favor!

Sophie tenía razón en insistir. Realmente era preciso que fueran todos. En la dirección equivocada.

Mientras se adentraban en la espesura del bosque, estoy segura de que a Sherlock y a Arsène se les pasó por la cabeza más de una vez que aquello a lo que se estaban lanzando de cabeza no era más que una trampa. Dudo, en cambio, que hubieran conseguido adivinar quién la había tendido.

Las ramas fustigaban sus rostros mientras avanzaban velozmente hacia las ruinas. El corazón les latía enloquecidamente.

Resuelve esto, si eres capaz.

Empezó a llover.

—¡Alto! —les ordenó el señor Holden, que abría la comitiva—. ¡Hay alguien allí!

Se agazaparon entre los arbustos espinosos. Sir Robert jadeaba como un perro cobrador que hubiese corrido millas en vano. Sherlock estaba aún demasiado desorientado para poner en el debido orden sus pensamientos. Y Arsène tenía que refrenarse a cada orden del señor Holden.

Sin embargo, el policía –o agente secreto– que el duque había puesto para proteger mi última casa en Gales tenía razón. Había alguien de verdad más adelante en el bosque. Y estaban las ruinas, un puñado de piedras cubiertas de musgo en el centro de un tétrico claro, entre las cuales sobresalía una figura encapuchada y atada.

—¿Es ella? —preguntó Arsène.

—No puede ser ella —respondió Sherlock. Todo había ocurrido demasiado deprisa. O quizá no. Quizá se equivocara. Habían tardado diez minutos por lo menos, en Oakenholt, en dar un sentido a aquel mensaje. Y eso significaba que mis raptores habían dispuesto de un cuarto de hora de ventaja sobre ellos. ¿Suficiente para atarme y amordazarme, y dejarme allí, en mitad del claro, como una especie de diana?

—Es una trampa... —dijo el señor Holden—. ¡Y una trampa repugnante!

Sherlock reptó por delante de todos y me observó, u observó aquella figura que podía ser yo.

—No es ella —dijo por segunda vez—. Irene no es tan... grande.

Pese a estar velada por la lluvia y la distancia, la figura del centro del claro tenía algo que no cuadraba.

Aunque, ciertamente, era una persona. Alguien vivo. Pero era una figura más alta y más robusta de cuanto lo era yo.

—Deben de estar apostados aquí, en alguna parte —añadió el señor Holden—. Solo esperan a que nos acerquemos para...

Arsène rompió una rama. No lo hizo accidentalmente, estoy segura de que la rompió para darle a entender a Holden lo insoportablemente idiota que era.

—¿Qué estás haciendo?

También la figura atada y encapuchada lo oyó y, al darse cuenta de que no estaba sola, empezó a forcejear tratando de soltarse. Y a gemir.

—¿Quiere saber lo que hago? —le respondió Arsène al policía entre tanto, mirándolo con desprecio—. ¡Les hago arrepentirse a esos payasos de haber venido al mundo! —afirmó. Y, sin esperar ni un segundo más, salió a descubierto.

—¡Arsène! ¡Quieto! —trató de detenerlo Sherlock.

Pero Arsène no era alguien que se detuviera demasiado a razonar.

Imagino que no podía soportar la idea de que yo estuviese allí, delante de ellos, atada, amordazada, encapuchada, y que, en vez de correr a socorrerme, se quedaran escuchando la cháchara del bigotudo Holden.

Era un cebo, de acuerdo. Pues entonces él sería el pez. Pero el pez más difícil de capturar con el anzuelo. Un pez que lucharía hasta el final.

Arsène devoró la longitud del claro y llegó hasta la figura encapuchada. Nadie le disparó. No voló ninguna flecha envenenada. Ningún agujero se abrió bajo sus pies.

Solo la fuerte lluvia que caía le azotó el rostro.

—¡Aquí estoy, Irene! —exclamó, arrodillándose delante de la encapuchada.

Dicen que, en el momento de máximo peligro, el tiempo parece ralentizarse. Yo no creo que de verdad sea así. Creo, por contra, que el tiempo no tiene nada que ver con lo que conseguimos hacer, y pensar, cuando creemos que es demasiado tarde. Estoy convencida de que, en esas ocasiones, nuestro pensamiento y nuestras manos corren al doble de la velocidad normal y por eso después, cuando intentamos recordarlos, nos parece que, por haber pensado y hecho todas aquellas cosas, debíamos de disponer del doble de tiempo. Y eso porque también la memoria es un pensamiento.

En el tiempo en que Arsène cruzó el claro, el pensamiento de Sherlock duplicó su ya considerable velocidad y por fin se dio cuenta de que los habían engañado. Lo primero que hizo fue meterse una mano en el bolsillo, del que sacó el lapicero rojo que había cogido de mi escritorio instantes antes de que nos percatáramos del incendio. Un lápiz rojo, como rojo era el círculo que rodeaba los lúgubres versos de *El barco de cristal*, un libro de poemas que se encontraba en la biblioteca de sir Robert. Y estos fueron los pasos sucesivos tal como debieron aparecer en la mente de Sherlock: los collares rotos cuando yo estaba sola en aquella habitación; el cuchillo de cocina clavado amenazadoramente en una contraventana de Farewell's Head cuando Sophie estaba sola en aquella esquina de la casa; y por último el incendio, prendido con una bata empapada en alcohol. Una bata que aún olía a mi perfume.

Y los perfumes se fabrican a partir de una base de alcohol.

La bata, más tarde, estaba chamuscada y sucia de tierra. ¿Por qué tenía que estar sucia de tierra? ¿Porque la habían guardado en tierra? ¿Quizá porque también la habían utilizado mientras hacían otra cosa? ¿Cavar, por ejemplo? ¿Para abrirse una vía de escape por el pasadizo que desde el sótano desembocaba en el acantilado? Un pasadizo peligroso, empinado, accidentado, seguido de un estrecho sendero a pico sobre el mar, que una persona con muletas jamás habría logrado recorrer...

—Ha sido ella —murmuró entonces Sherlock, poniéndose en pie—. Siempre ha sido ella y solo ella.

Mientras, Arsène le quitó la capucha a la prisionera del claro. Y se encontró cara a cara con Anita Horak, que lo miró con los ojos fuera de las órbitas.

—¿Anita? ¿Qué hace aquí?

Le quitó la mordaza y, en ese momento, la hermana de Pavel vomitó todo lo que le había sucedido.

—¡No soy una espía! ¡Se lo juro! ¡No sé cómo he llegado aquí! ¡Juré fidelidad a la casa de los Von Hartzenberg y al duque de Loewendorf!

Detrás de Arsène aparecieron el señor Holden y sir Robert, mientras que Sherlock, inmóvil, paralizado, se quedaba unos metros aparte.

—¡Sir Robert! ¡Holden! ¡Les ruego que me crean! ¡Suéltenme!

—Lo estoy haciendo... —dijo Arsène, haciendo correr rápidamente sus dedos por las cuerdas y desatando los nudos.

—¡Estaba en Farewell's Head, señores! Había oído ladrar a los perros y fui a ver... Estaban en la parte baja del recinto, casi al final del cabo, y parecían endemoniados... La tenían tomada con algo o con alguien que había trepado a un árbol o estaba tras algún escollo... ¡No lo sé bien! Pero, cuando me acerqué, ¡me golpeó!

—¿Quién te golpeó?

—Una figura imponente con la cara pintada de negro. Me desperté atada y con una venda en los ojos. No sé más, ¡salvo que eran dos! ¡Los oí hablar!

—¿En qué lengua?

—¡En inglés, señor! Eran dos ingleses. Me han tenido escondida quién sabe dónde y luego... Luego me han traído aquí en volandas y me han dejado entre las ruinas... Me han dicho que no me ocurriría nada malo y que muy pronto todo habría acabado... Y luego... luego... ¡luego han llegado ustedes!

Arsène buscaba ahora a su amigo con los ojos.

—¿Una cara pintada de negro? —le preguntó con el corazón latiéndole enloquecido.

—No tenía la cara pintada de negro en absoluto. Se trataba de un hombre de color —exclamó Sherlock.

Sin darles ninguna explicación a las demás personas que se encontraban en el bosque, Sherlock y Arsène volvieron a la carrera al lugar exacto en que nos habíamos separado, la plaza del mercado de Oakenholt. Y, una vez allí, fueron precipitadamente a la oficina de correos.

Pero estaba cerrada.

—¿Puedo hacer algo por ustedes? —les preguntó el

señor que se ocupaba de la oficina. No se hallaba muy lejos de su puesto habitual de trabajo, pero estaba sentado en un banco de madera y degustaba una manzana confitada. O al menos es así como me imagino la escena.

—¿Se acuerda de nosotros? —le preguntaron.

—Me temo que no —respondió él, y le dio un mordisco a la manzana.

—El otro día, una amiga nuestra, así de alta, pelirroja, entró en la oficina...

—A comprar postales.

—¡Piénselo bien!

—¡Ah, pues claro que la recuerdo! —respondió el empleado de correos—. ¡La chica que tenía prisa por expedir aquel dinero!

—¿Qué dinero? —preguntaron ambos.

—No es asunto mío ni, me temo, suyo —respondió el hombre de la manzana. Y luego los miró a la cara—. Pero ¿por qué están tan nerviosos? ¿Le ha ocurrido algo?

—Por favor —dijo Sherlock—, díganos qué trámite hizo para ella en la oficina. Es importante. La vida de Irene corre peligro.

—Oh, bueno, eso lo cambia todo. Creo que su amiga compró unos billetes para una travesía oceánica. Envió mucho dinero a la sede de la White Star Line de Liverpool, que es también el puerto del que zarpan los transatlánticos de esa compañía —dijo para terminar el hombre de la oficina de correos.

Pero en aquel momento mis amigos debían de haberse esfumado ya, a la caza de un carruaje.

Capítulo 21

UN ADIÓS Y UN NUEVO COMIENZO

Era una bonita mañana para desaparecer. El cielo estuvo despejado durante toda la duración del trayecto en carruaje hasta el puerto de Liverpool. Una hora y media, como había dicho sir Robert. El amigo del señor Nelson había conducido como un demonio mientras Sophie y yo despedíamos por última vez a mi mayordomo e impagable amigo.

—Cuando me llegó su carta, señorita Irene —me dijo Horace—, la tuve que leer varias veces antes de creerme que era de verdad suya. Luego llamé al capitán Hirst y vinimos lo antes posible.

Horace y su viejo amigo Hirst habían alquilado una pequeña casa al otro lado del cabo, desde la que habían intentado ayudarme hasta aquel momento.

—¡Ya no estábamos seguras de nada! —dijo Sophie—. ¡Si no hubiese sido por mi maldita pierna, habríamos salido de aquella casa el primer día!

Horace no le respondió. Me miraba sin decir nada. Ambos sabíamos que era nuestro último viaje. Y que aquello era un adiós. El único adiós posible para no involucrar a nadie más en mi vida, para entonces convertida en un enredo asfixiante y terriblemente peligroso. No podía vivir escondida, a merced de distintas facciones en disputa por la corona de Bohemia. No quería la corona de Bohemia. No me interesaba nada convertirme en reina, y mucho menos en la reina de un país desgarrado y dividido en el que los soberanos no parecían más que piezas en un ensangrentado tablero de ajedrez.

Había visto cómo habían pesado sobre los hombros de mi madre los catorce años de silencio. ¿Podía hacer yo otro tanto? ¿Y para qué, además? ¿Para convertirme en el pelele de un duque cuya existencia ni siquiera conocía unas semanas antes?

Había pensado largamente en qué hacer, en las soluciones que se me ofrecían, y aquella hacia la que me dirigía, por desesperadamente aventurada que fuera, me parecía la única posible.

Desaparecer al otro lado del mar, poner entre mi pasado y yo un océano inmenso de por medio y, una vez allí, recomenzar de algún modo.

Significaría tener que cortar todos los puentes con el pasado: con Leopold, con el señor Nelson. Y con mis amigos.

Mis adorados amigos.

Las únicas dos personas a las que quería con todo mi ser y a las que me había visto obligada a traicionar.

Había pensado mucho si confesarles o no mi plan. Y no dudo ni por un momento que Sherlock y Arsène habrían guardado en secreto mis intenciones ante quien fuera, incluso bajo tortura. El riesgo, si acaso, era otro: que me siguieran.

Aunque Arsène tenía aún a su padre y Sherlock a su madre y hermanos, no habrían vacilado en cruzar el océano: solo lo habrían llamado una nueva aventura. Pero habría sido una mentira. Una mentira que no podía aceptar. Era a mí a quien la vida había tendido una trampa, era yo quien debía saltar en la oscuridad y dejar todo a mi espalda. Todo, sabiendo que aquellos malditos que se disputaban mi vida, como hacen los perros con un hueso, ya no podrían poner en peligro a quienes quería. Porque había desaparecido, desvanecida como un sueño en la inmensa América, y todos los lazos con mi viejo mundo habían sido cercenados.

El precio de aquella nueva libertad era altísimo y lo pagaba con miles de lágrimas que me venían a los ojos cada vez que pensaba en nosotros. En nuestro trío.

—Cuando los vea... —le dije a Horace, entregándole un sobre—, le pido que les dé esto. He intentado explicar lo que he hecho y por qué lo he hecho...

—Estoy seguro de que lo entenderán —respondió

Horace, tranquilo—. Es usted una mujer valiente, señorita Irene.

Luego le hizo una inclinación a Sophie.

—Como su madre, por lo demás —añadió.

—Y otra cosa, Horace... —dije yo.

—La escucho.

—Dígales que los he querido. A los dos. Del mismo modo. Dígales que no me olvidaré nunca de lo que hemos hecho juntos. De nuestro trío. Que lo llevaré siempre en el corazón, me suceda lo que me suceda.

—Lo haré, señorita Irene, esté segura.

Nos despedimos en el puerto, delante de los embarcaderos. El *Atlantic*, nuestro barco, era como un inmenso edificio de hierro, atracado al extremo del muelle. A nuestro alrededor todo era un ir y venir de personas y carros, sogas y cajas de todos los tamaños. Sophie y yo no teníamos nada, aparte del dinero que guardaba ella.

En aquel momento habría dado cualquier cosa por que Arsène y Sherlock estuviesen conmigo. Porque al menos les habría concedido la oportunidad de despedirse de mí, con un verdadero adiós, al estilo de nuestro trío. Miradas cómplices que se lo dicen todo sin necesidad de palabras. Y una carta de adiós, o de hasta la vista, a lo mejor, deslizada por uno de ellos en mi bolsillo mientras mi mirada se perdía en el horizonte...

Pero no había sido así. Las cartas de adiós las había escrito yo, una para mis amigos y otra para mi padre, y se las había entregado a Horace, el único que permanecía conmigo hasta el último momento. Porque así lo había querido yo.

La chimenea del barco despidió una enorme nube de vapor y la sirena, lúgubre, dio su tercera llamada. Las cadenas de las anclas y de los últimos cargamentos resbalaron por el costado y el señor Nelson me dio el último abrazo.

—¡Es hora de que suba, vamos! —Me empujó delicadamente.

—¡Horace! —exclamé una última vez. Sophie me cogió del brazo y yo dejé que se apoyara en mi hombro mientras la ayudaba a subir. Lo hicimos cojeando, seguidas por cientos de otras personas. Y una vez a bordo busqué la primera baranda para mirar una vez más el muelle.

Agité una mano cuando vi que Horace seguía allí, quieto.

—¡Estoy aquí! ¡Estoy aquí! —grité entre centenares de otras personas que hacían lo mismo.

Horace me vio y levantó una mano.

—¡Mire! —le grité, aunque no podía oírme. Ondeé por encima de la cabeza el libro que me había regalado para el viaje—. ¡Lo tengo conmigo! ¡Apretado contra mi corazón!

Vi que, desde el muelle, el señor Nelson, con las dos manos, me hacía señal de que lo abriera. Lo hice.

Me lo había dedicado: A mi joven amiga valiente. Horace Nelson.

Inmediatamente me vinieron las lágrimas a los ojos.

—¡Oh, no! ¡No! ¡No! ¡Horace! —grité. Y tuve que resistir al impulso de volver sobre mis pasos y bajar del barco.

Oí un ruido chirriante, fortísimo, y vi cómo la pasarela era retirada. La sirena del *Atlantic* sonó de nuevo en el puerto, tapando cualquier otro sonido.

Había llegado el momento. La pasarela estaba recogida. Y Sophie y yo estábamos embarcadas. Solas. Hacia el nuevo mundo.

Me agarré a la baranda, buscando una última vez el rostro de Horace. Entonces los vi llegar. A los dos.

Se deslizaban entre la multitud agolpada en el muelle como dos serpientes; yo veía a la gente apartándose a su paso, volviéndose y protestando.

Y yo hice otro tanto, corriendo hacia ellos sobre la cubierta del buque.

—¡IRENE! —los oí gritar, aunque no era posible que aquella fuera de verdad su voz en el estruendo de aquellos momentos. Todo vibraba bajos mis pies. Los motores del barco retumbaban gravemente en las cubiertas. Y debajo de nosotras, en tercera clase, había un clamor infernal.

Sherlock Holmes y Arsène Lupin estaban allí en el muelle. Y yo, desde lo alto del puente de popa, me despedía y lloraba.

Vi que Arsène levantaba una mano. Se hizo visera con ella y luego la bajó, como en un saludo militar. Respondí haciendo lo mismo.

A lo cual Sherlock levantó la mano derecha y la mantuvo así, alzada, quieta, con la palma hacia mí. Yo también lo hice. Y Arsène a su lado.

Al menos idealmente nuestras manos se encontraron una última vez y nos quedamos así, callados y desesperados, hasta que el barco se separó del puerto de Liverpool.

Fui la última en abandonar la popa. Sophie se había sentado a poca distancia de mí y me esperaba.

Para entonces yo ya no lloraba. Había enderezado la espalda y el cuello y miraba frente a mí, hacia mar abierto.

—Toda Nueva York te admirará con esos pendientes —me dijo Sophie. Poco más que una excusa para poder sonreírme después con ternura.

Yo también le sonreí y le apreté la mano. Estábamos listas para aquel larguísimo viaje.

Epílogo

ADIÓS, AMIGOS

Mis insustituibles amigos, ha sido muy difícil llegar a este punto. Más difícil que cualquier otra cosa que haya hecho en mi vida. Y espero que esta carta sirva para que lo comprendáis.

La idea de huir se me ocurrió la noche en que soñé con el reloj de tinieblas y el laberinto del jardín. Me habían despertado los silbidos que venían del sótano.

Pero lo que no he dicho —y que no he escrito claramente en mi diario para no arriesgarme a ser descubierta—, es que supe de la existencia del pasadizo la noche misma en que bajé al sótano. Era de allí de donde llegaban las corrientes quejumbrosas, que era la única en oír porque mi habitación daba directamente a la escalera. El pasadizo se había derrumbado en parte, pero no me costaría mucho despejarlo y usarlo para marcharme de allí... ¡y no sola, a lo mejor! Pero, cuando regresé arriba, Sophie, que había notado mi ausencia, cayó por la escalera, se lastimó el pie y dio al traste con mi plan de fuga. Por eso me desesperé. ¿Cómo haría Sophie para huir conmigo por aquel accidentado pasadizo? Además, ¿podía estar segura de que sir Robert no lo conocía? Pasé el día siguiente preguntándole por los muebles y la casa para asegurarme de que no sospechaba nada. Fue entonces cuando sustraje un mantel de la cocina, que utilicé para aminorar lo mejor posible las corrientes del pasadizo, que luego tapé con un viejo barril para que los demás no lo vieran. La jaqueca me sirvió como pretexto general para poder comportarme de manera extraña.

Para trabajar en el túnel secreto, en primer lugar tenía que mantener alejados de mí a los hermanos Horak, y hacer que sir Robert estuviera alerta, y se me ocurrió fingirme en peligro, aunque no existía ningún enemigo con la intención de matarme. Encontré el libro de poesía en la biblioteca de sir Robert y, como había intuido Anita, arranqué una página y rodeé en rojo unos versos que me parecieron lo bastante amenazadores. Entonces pregunté por el dinero a Sophie y la puse al tanto de mis intenciones. Sophie estuvo de acuerdo conmigo, pero temía no poder ayudarme a causa de su talón de Aquiles impedido. Le dije que yo me encargaría de todo si ella se ocupaba de sir Robert.

Primero di un paseo hasta la casa del guarda y hasta la aún más odiada verja, y de allí a la caseta de las herramientas. Les tiré dos lonchas de jamón a los perros para tener el tiempo necesario de coger un pico y esconderlo bajo la ropa antes de que ladraran. Durante la cena hacía un fortísimo viento y me alegré porque cubriría el ruido de mis movimientos nocturnos. No podía pedir más. Bajé en el corazón de la noche y despejé todo el pasadizo a golpes de pico. Al día siguiente estaba hecha trizas, pero unas trizas felices. Sin embargo, había estropeado irremediablemente mi bata, que encontró refugio en el armario personal de Sophie hasta la noche del incendio.

Al día siguiente, durante la regata, fingí el habitual dolor de cabeza. Cerré por fuera la puerta de mi habitación (Sherlock lo había adivinado) y bajé rápidamente al sótano. Aparté el barril y me valí del pasadizo para salir al acantilado. Había un minúsculo sendero entre las rocas, prácticamente invisible, y en un cuarto de hora llegué a Oakenholt, donde eché al buzón una carta a Horace. En la carta le pedía que viniera corriendo a ayudarme con alguna persona de confianza, y le aclaraba que para mí se trataba de una cuestión de vida o muerte. Le suplicaba que no dijera ni palabra, ni siquiera a mi padre, y le daba instrucciones sobre cómo nos comunicaríamos entre nosotros una vez que llegara. Faroles en la oscuridad y el código morse.

Luego volví a Farewell's Head, justo a tiempo para que Anita fuese a llamarme y me dijera que tenía visita. Vosotros dos.

No podéis imaginar la alegría y el alivio, pero también el desconcierto, que me asaltaron en aquel momento. ¡Vosotros, mis amigos! ¿Qué haría delante de vosotros? ¿Os contaría todo enseguida... o bien no? ¿Me callaría también con vosotros? Y, en ese caso, ¿cómo me sentiría?

¿Era una traición la mía? ¿O solo una manera de protegeros? Eso pensaba todo el tiempo. Que estaba obligada a callar por vuestro bien.

Pero dejadme seguir, porque quiero que sepáis cómo fueron exactamente las cosas hasta el final.

La primera noche fue la más difícil, porque siempre estuve a punto de contároslo. Pero, por una razón u otra, cada vez que iba a confesaros que tenía intención de huir, adoptar otro nombre y desaparecer, algo me hacía cambiar de opinión.

Vosotros mismos me dijisteis que tenía aspecto cansado. No podía dormir, porque solo de noche podía proceder con mi plan. Tuve que fingir que me desmayaba el día en que fuimos a dar el paseo, aunque deseaba mucho darlo. Tenía ganas de estar con vosotros, hablaros, correr por la playa juntos. Pero también tenía otra cosa que hacer: cuando os pedí que despistáramos al pobre señor Pavel, era con el fin de disponer del tiempo necesario para ir sola a la oficina de correos. Os dejé comprando caramelos de limón, salí catapultada a la otra puerta y compré dos postales para esconder lo que en realidad hacía, enviar a la White Star Line el dinero de dos billetes de primera clase en el *Atlantic*, el primer transatlántico que zarpaba, billetes que luego el señor Nelson pasaría a recoger por mí. Había hecho que mi padre y sir Robert me hablaran de los viajes a Nueva York y había memorizado cada detalle útil: el tiempo que tardaría en llegar al puerto, la frecuencia de las travesías, el muelle y todo cuanto me fuera posible saber por anticipado. Para todo lo demás, me basaría en la información de Horace. Y lo he conseguido, pese a Pavel y pese a vuestra agudísima mirada; fui feliz cuando regresamos a Farewell's Head. Y Sophie, al verme volver tan contenta, comprendió que nuestro pequeño plan estaba empezando a funcionar. Y sir Robert, absorbiendo como una esponja aquella felicidad, organizó la famosa velada con baile.

Imagino que ahora os estaréis preguntando por qué rompí los collares y arruiné precisamente aquella velada si todo parecía hecho. Fue por un motivo muy simple: tenía que cambiar de habitación y poder dormir mirando al este, al borde del cabo y al bosque. Y tenía que cambiar de habitación porque desde allí recibiría y transmitiría las señales luminosas a Horace sin que el señor Holden se diera cuenta. Lo conseguimos, aunque solo en parte, porque (una vez más, Sherlock tenía razón) Holden era realmente un policía tenaz. Y el motivo por el que quise cambiar de habitación, en vez de contentarme con ir a escondidas por la noche para intercambiar mensajes en alfabeto morse, fue el hecho de que estuvierais vosotros en la casa. Y a vosotros no se os habría escapado mi andar liviano por el pasillo, por silenciosa que hubiera procurado ser.

No os estoy echando la culpa de haber complicado mi plan, solo intento explicaros lo que he hecho y, por loco que os pueda parecer, el porqué. Sé que os he parecido histérica y nerviosa, y lo lamento sobre todo porque no quisiera que me recordarais así, como una chiquilla asustada. Lo estaba, pero solo por vosotros. Y por la idea de perderos para siempre. No sé si ahora habrá trazas de sonrisa en vuestras caras o si tú, Arsène, estarás tratando de bromear con Sherlock sobre el hecho de que, a fin de cuentas, si me he marchado y vosotros estáis leyendo esta carta quiere decir que he logrado jugárosla en vuestras propias narices.

Espero que sea así, pero ahora debo proseguir mi relato, puesto que casi hemos llegado ya al término de mis maquinaciones. Siempre bastante aturdida debido a mi vigilancia en la ventana durante buena parte de la noche, a la espera del farol del señor Nelson en el bosque, recuerdo que al día siguiente bajé al piso inferior mientras la casa seguía sumida en un silencio terrible. Solo tenía un temor: que tú o Sherlock estuvierais ya activos en busca de algo. Y de hecho encontré a Sherlock en el sótano. Temía que hubiera descubierto el pasadizo, pero todavía no había ocurrido. Hacía bien en temerlo, porque, si había alguien que podía oír un silbido de viento a través de una trampilla cubierta con un mantel, ese eras tú. Y por la noche, cuando viniste hasta mí para disculparte, habría deseado, más que ninguna otra cosa, aceptar tus disculpas y hacerte entrar en mi habitación para charlar. Pero no podía hacerlo, temía que descubrieras mi farol y que comprendieras por qué siempre estaba en la ventana. Acepté tus disculpas en lo más hondo de mi corazón, Sherlock. Y te ruego que aceptes las mías.

La mañana siguiente fue la de la tarta. Sí, en aquella ocasión acertasteis: fue Sophie la que sustrajo un cuchillo de la cocina y fue ella también quien lo clavó en la madera a la primera oportunidad en que se quedó sola. Y lo hizo porque sir Robert estaba ya cerca de averiguar la verdad: que yo había organizado una simulación. Sophie confiaba que no podría pensar en una doble simulación y se decidiría a dejarme tranquila. Lo consiguió, pero, a causa del cuchillo, la vigilancia sobre nosotros se estrechó. Teníamos que intentar relajarla si queríamos escapar. Y lo hicimos enfrentando a todos contra todos de modo que nadie pudiera fiarse de los demás. Puse yo el libro con la página arrancada en el cuarto de Anita cuando fuimos a inspeccionarla, lo había cogido de mi habitación mientras Arsène forzaba las cerraduras y pude esconderlo porque fui la última en salir del cuarto. Pero sentía que vosotros estabais muy cerca de descubrirlo todo.

Cuando, después, Holden dijo que había encontrado huellas de dos desconocidos en el bosque y que había visto algunas luces, sentí que me desmayaba, porque pensé que Horace había sido descubierto. Solo por pura suerte nadie comprendió que se trataba de señales en morse.

Todo estuvo cerca de venirse abajo cuando los perros y Anita casi dan la alarma. Fue Horace quien la golpeó y se la llevó, junto con el capitán Hirst. Si alguna vez la veis de nuevo, os ruego que le pidáis perdón de mi parte y de parte de mi mayordomo. La lealtad de Anita a la causa de los Von Hartzenberg nunca ha estado en entredicho. Hizo todo lo que pudo para proteger a la princesa María de cualquier desconocido. Pero no podía, ciertamente, protegerla de sí misma. Sobre todo desde el momento en que su verdadero nombre es en realidad Irene y no tiene la menor intención de convertirse en reina.

Henos aquí casi al final ya. Para desviar las indagaciones de todos del bosque y la suerte de Anita, y proteger a mis dos hombres de fuera, le hablé a Sherlock del ruido del viento que había oído una de las primeras noches con la intención de que descubrierais el pasadizo secreto y así enturbiar más las aguas. Estaba tan sorprendida como vosotros, porque yo misma había abierto aquel pasadizo. Y no había comprendido que el secreto de Pavel y Anita era que lo habían vuelto a cerrar.

Hasta aquella noche teníamos dos posibles vía de escape: la primera era una abertura en la valla de la finca, en un extremo del promontorio, por la que había entrado Horace, pero con la desaparición de Anita y con el señor Holden alerta se había vuelto impracticable; la segunda era, de todos modos, probar a salir por el pasadizo, corriendo el riesgo de tropezar en el sendero del acantilado, puesto que no había forma de evitar la vigilancia de los perros. Pero, con el pasadizo cerrado, también había que descartar aquella vía. Solo nos quedaba una posibilidad, que habíamos tenido en consideración pero habíamos desechado varias veces en vista de su imprevisibilidad: el incendio.

Empapamos de perfume mi vieja bata, me descolgué desde la balaustrada de la terraza de Sophie gracias a la enredadera, como había aprendido a hacer viendo a Arsène, y prendí el fuego de modo que ardiera despacio y me diera tiempo a tener coartada.

Conocéis bien la coartada: estaba con vosotros en mi habitación cuando estalló el incendio. Y también me disgusta escribir esto, porque en realidad tenía ganas de estar con vosotros hasta el último momento posible. De sentirnos cerca. Fue tremendo, os pido perdón.

El resto, creo, ya lo habréis reconstruido por vuestra cuenta, pero en todo caso trataré de escribirlo mientras el carruaje nos lleva a Liverpool. No hagáis caso de las lágrimas que arruinan estas últimas páginas, es que no consigo contenerlas. Horace me esperaba en el pueblo con este carruaje escondido; se valió del jaleo por el caballo encabritado para separarme de vosotros y pagó a un chavalillo para que le entregara a Sherlock el mensaje de la torre. Y Sophie, como sabía que debía separarse de los demás, una vez que corristeis todos en mi busca, montó también en el carruaje. Y partimos.

Mirando ahora por la ventanilla, veo las casas de Liverpool, que me parecen todas iguales y espantosas. Me siento feliz por haber encontrado el modo de salvarnos a todos nosotros de mi pasado. Y triste por la manera en que lo he hecho. Juré dos veces con vosotros lealtad eterna. Y he roto ambos juramentos. ¿Qué será de mí? No lo sé. Y el no saberlo es mi única libertad.

Aún os quiero decir algo, sin embargo. Me marcho sin nada salvo mis diarios. Doce pequeños cuadernos en los que he anotado, día tras día, la historia y las emociones de nuestro maravilloso trío. No he podido deshacerme de ellos. Son demasiado íntimos y también hablan demasiado exageradamente de mis sentimientos hacia vosotros.

Os quiero, Sherlock, Arsène. Habéis llenado mi vida de emociones y aventuras. Y nunca habrá ningún modo de daros suficientemente las gracias.

Os pido un último favor. Sé que no puedo pretender que guardéis de mí un recuerdo igual de benévolo que el que yo guardaré siempre de vosotros, pero, sean cuales sean vuestros sentimientos hacia mí, perdonadme.

Y, tanto si me perdonáis como si no, no intentéis buscarme. No toméis ningún barco, no patrulléis las calles de Nueva York en busca de una chica pelirroja, porque sería inútil, porque rompería también el último hilo del juramento de confianza que fundó nuestro trío. Si para mí no hay honor alguno en lo que he hecho, al menos que lo haya para vosotros respecto a mí.

Adjunto a mi carta el naipe de la dama de picas con la que todo empezó y os beso.

Vuestra,

Irene Adler

Liverpool, 1872

ÍNDICE

IRENE ADLER

SHERLOCK, LUPIN Y YO

IRENE ADLER

SHERLOCK, LUPIN Y YO

Tres personajes extraordinarios,
amigos inseparables. Tres cerebros
que dejarán huella en
la historia del crimen.
Una serie de aventuras,
misterio y suspense.

Este libro no se puede vender
sin este comprobante.

PRUEBA DE COMPRA
SHERLOCK, LUPIN Y YO
EL BARCO DE LOS ADIOSES

REDFERNS

LADIES' TAILOR

GOWNS for WALKING, TRAVELLING,
and YACHTING

COAT, ULSTERS, WRAPS and HATS

26 & 27, CONDUIT-STREET

LONDON, W.